나의 너에게...

초판 인쇄 2021년 7월 14일
초판 발행 2021년 7월 20일

지은이　　장시진
펴낸이　　진수진
펴낸곳　　책에반하다

주소　　　경기도 고양시 일산서구 대산로 53
출판등록　2013년 5월 30일 제2013-000078
전화　　　031-911-3416
팩스　　　031-911-3417
전자우편　meko7@paran.com

나의 녀에게

장시진 지음

그대를 바라봐요
그리고 내 속에 있는 그대를 비교해요
언제부터 그런 버릇이 생겼는지 모르지만
내 속에서 점점 커져만 가는 욕심을
느낄 때마다 불안해지는 건 왜일까요?
그대가 아니고서 답해 줄 사람은 없어요

그대를 바라봐요

그리고 내 속에 있는 그대를 비교해요

언제부터 그런 버릇이 생겼는지 모르지만

내 속에서 점점 커져만 가는 욕심을

느낄 때마다 불안해지는 건 왜일까요?

그대가 아니고서 답해 줄 사람은 없어요

마냥 그대를 바라보고 있을 수만은 없어요

한순간 내 마음 속에서 점점 커져만 가는

그대를 발견하곤 그 무게를 재기

시작했지만 이제는 잴 수 없이 커져서 내가 아닌 그대인 것을 종종

느낄 때가 있어요

바라만 봐도 좋을 때가 있었어요

하지만 이제는 바라보는 내가 바보처럼 느껴질 때가 있어요

그래서 다가가기로 했어요

그래야 그대가 나의 존재를 느낄 수 있으니 어쩔 수 없잖아요

하지만 나는 자연스럽게 다가서는 방법을 아직은 알지 못해요

다른 이들에게 물어봤지만 유치찬란할 뿐이에요

내 마음만 들킨 것 같아 걱정스럽기도 하고 또 자기들끼리

수군거리는 것 같아 자꾸만 신경이 쓰여요

그렇지만 그대를 향한 나의 마음은 변함이 없을 거예요

누군가는 나를 비웃을 테지만 뭐 그러라지요

차라리 그 중에 누군가가 떠들썩하게 소문을 내주었으면 좋겠어요

그래야 그 소문이 바람을 타고 그대에게로 자연스럽게

흘러들어갈 테니까요

그보다 더 좋은 방법이 어디 있겠어요

다만 걱정인 것은 그대의 반응이에요

걱정할 것도 참 많죠?

그대와 눈이 마주치기라도 하면 서둘러 다른 곳을 바라보고 마는

새가슴이지만 가끔은 그대의 눈을 똑바로 바라보다가

윙크를 보내는 나를 생각하기도 하거든요

뻔뻔하게 말이에요

친구들이 등을 떠밀기도 하지만 나는

무턱대고 다가서고 싶지는 않아요

뜸을 들이는 것은 용기가 없기 때문이 아니에요

다만 그대를 아끼고 싶기 때문이고 또 앞으로도 많은 시간을
함께하고 싶기 때문이에요
그렇게 우린 자연스럽게 가까워질 거고
그만큼 우린 점점 돈독해지겠죠

누군가를 바라본다는 것이 이렇게 행복하다는 걸
알게 되었으니 이제 다가설 때가 된 거예요
사랑이라는 단어보다 사랑이라는
그 느낌이 뭔지 조금은 알 것 같아요
말로만 사랑인 것은 무덤덤할 것 같고
말하지 않아도 서로 바라만 봐도 설레는 것이 사랑일 것 같아요

이제는 그대의 겉모습만 바라보고 싶지 않아요
그대가 무슨 생각을 하고 또 무엇을 좋아하는지 알고 싶어요
그리고 내 모습이 어떻게 보이는지도 궁금해요
그대에게 100미터 달리기를 하듯이 뛰어가고 싶지는 않아요
한 걸음씩 그대에게로 가는 거리를 확인하고 또 확인하면서
꾸밈없이 다가가고 싶지만 그것은 나 혼자만의 바람일지도 몰라요

너무 조심스러우면 그대가 부담을 느낄지도 모르겠네요

다가가기도 전에 저만큼 도망가고 말지도

새침하게 돌아설지도 모르겠네요

어쨌든 나는 지금 그대를 만나러 갈 거예요

그리고 나는 욕심쟁이가 되겠죠

아니면 다시 혼자가 되거나

그래도 내 마음을 외면할 수 없고 숨길 수 없어서 그대의 마음속

어딘가에 작은 쉼표 하나 찍을 거예요

그 어디쯤에서 같이 앉아 대화를 하거나

함께 걸으면 더 좋을 거예요

세상은 내 마음 같지 않다는 걸 알아요

사랑도 내 마음 같지 않다는 것도요

우리 함께 세상을 마주하고 걷는 것은 어때요?

Contents

그런 안녕...

나를 사랑하기는 하는 거야?
왜 그렇게 안절부절못해?
나는 이해할 수가 없어
네가 도대체 왜 그러는지
그거 알아?
우리 요즘 들어 우리가 단 한순간 이었다는 거
사랑을 하면서 결국에는 한순간뿐이었잖아
사랑한다는 거짓말

점점 약해지잖아
마음의 평정은 찾을 길이 없고
서로 사랑하는 감정보다는 흔들리는 모습만 보이잖아
너의 눈을 보면 알아
너는 아니라고 말하지만 너의 곁에 있으면
난 느낄 수 있어
하지만 너는 항상 아니라고 부정하지
그러면서 고개를 숙이고 말아
네가 그러는데 내가 어떻게 너를 만나면서 편안할 수 있겠어

우리 사랑하는 것 맞아?

우리에겐 불행한 무엇이 자꾸만 싹트고 있는 것 같은데
그래서 자꾸만 너의 눈치를 보게 되는데
너의 눈을 볼 때마다 나는 점점 답답해지는데

우리 헤어질까?
그래 알아, 너의 마음
하지만 문득 느끼게 되는 너의 조바심을
나는 이해할 수가 없어
무엇이 우리를 그렇게 만들었을까?

너는 조바심을 내고 나는 이별을 생각해
그것이 우리가 바라던 시작은 아니었잖아
너는 계속 부정하고
나는 계속 그런 네가 부담스러워
우리의 관계가 점점 낯설어지는 느낌이랄까

한 번의 실수로 너를 평가하고 싶지는 않아
한 번의 실수로 너를 놓치고 싶지도 않은데
너는 왜 그럴까?

이런 우리의 만남이 계속된다면 생각지도 못했던
돌이킬 수 없는 그 한순간이 오게 될지도 모르겠다
야속하더라도 어쩔 수가 없는데
다가가면 다가갈수록 우린 점점 더 불행해질 텐데
그래도 괜찮을까?
아니 나는 그러고 싶지 않은데
어쩌면 너의 눈에는 내가 더 조바심을 내고 있는 것처럼
보일지도 모르겠다

우리의 삶 중에 소중한 것이 있다면 그게 뭔지 아니?
나는 사랑이라고 생각하는데
너는 그깟 조바심으로 자꾸만 나를 밀어내잖아
우리 새로운 국면을 맞이할 수 있을까?
혹 그 실수가 운이 좋게 작용해서 우리의 관계를
좀 더 좋은 위치에 서게 할 수도 있지만
그건 매우 희박한 일이야
너는 계속해서 너를 내세우며 우기기만 할 거야
그러면서도 자신이 무슨 짓을 하고 있는지도 모르고
합리화시키기 위해서 안간힘 쓰겠지

너는 왜 모르니?

한 순간을 넘겼다고 해서 그것이 끝이 아니라는 것을
나중에 우리 또 다른 그 한 순간과 마주했을 때
너는 아무 일 없었다는 듯 또 속앓이를 하면서
나를 바라 볼 거야
나는 다시 너의 눈을 바라볼 테고
너는 또 고개를 숙이겠지

사랑은 그런 게 아니잖아
우리 그동안의 만남과 사랑이 소중하고 아깝지만
이제는 아니야

너는 항상 부정하고
나는 항상 그런 너를 안타깝게 바라보고
너는 믿음이 없는데
나는 그런 네가 미운데
가까이 다가가면 갈수록 멀어지는 네게서 내 사랑에
회의를 느끼는데 언제까지 너의 곁에 남아 있을 수 있을까?

다시 한 번 생각해 보자

나중에 아주 나중에 말이야

나는 사랑의 소중함을 그깟 조바심으로

망각해버린 가치 없는 사람쯤으로

너를 생각하게 될지도 몰라

그래서 나는 선택할 거야

지금 당장이라도 이별이라는 문을 열고

조바심에 갇혀버린 너를 남겨 둔 채 나갈 테니

혼자 잘 생각해 봐

이제부터 너는 혼자야

그리고 잊지 말아

왜 이별을 하게 되었는지

그것을 깨달았을 때 너는 행복하고 영원한 사랑을

할 수 있을 테니까

그만큼 너의 소중함을 얻을 수 있을지 모르겠지만

만약 그렇게 된다면 박수는 쳐 줄게

지금은 아니야

안녕!

너를
사랑하는 나는...

생각지도 않았던 장소에서 너를 만나게 되면

그것이 그렇게도 좋을 수가 없어

그럴 때면 아무리 급한 약속이 있더라도

너와 함께 오붓한 오후를

즐길 수 있는 감미롭고 향기로운 차를 마시고 싶어

그것은 너와 보내는 시간이 나에게는 소중한 일의

한부분이기 때문이야

그러다가 너와 정 헤어지기 싫어지면

그 어떤 중요한 약속이라도

취소하고 너와 함께 있을 거야

너의 곁에 있고 싶으니까

그냥

이러한 마음 너는 이해하겠니?

그래

너를 사랑하는 일 외에 나에게 더 소중한 일은 없어

너를 집까지 바라다 주고 난 후 집으로 돌아오며

취소한 약속에 대해 후회를 하게 될지도 모르겠지만

그래도 좋다
나에게 소중한 너와 함께 그 시간을 보냈으니
나는 더 없이 설레고 행복해
또 마음도 포근하고
그윽한 너의 향기를 간직할 수 있어서 좋아

집으로 돌아와 너에게 전화하면
너의 상냥하고 차분한 목소리가 들려와
그래서 네가 더 사랑스러운지도 모르겠다
하지만 나는 말을 못해
내 사랑이 깊은 탓일까?
아니면 너에게 내 마음을 들키기 싫은 것일까?
너의 목소리에 나는 말하지

오늘 재미있었어?
지금 뭐하고 있어?
내일은 뭐 할 거야?

그리고 끝인사로

"잘자요!"

말하고 나는 전화를 끊어

그리고 생각하지 곤히 잠들어 있을 너를

밤이 깊어가는 줄도 모른 채

나는 웃으며 그 즐거웠던 시간을 생각해

그리고 너와의 그 시간을 잊지 않기 위해

일기장에 '너' 라는 의미를 설렘 가득 적는다

토요일 오전

허전하게 내려앉은 그 무료함의 한 장면 사이로

너의 전화를 기다려

얼굴은 퉁퉁 부었고 머리는 까치집이라도

너에게 전화가 걸려 온다면

곧바로 옷을 입고 너에게 뛰어갈 거야

너의 전화가 그냥 일상적인 안부를 묻는 전화라면

나는 실망하겠지

나는 소심해 질 거야

아니 화가 날거야!

핸드폰 앞에 올려놓고 드라마를 보면서

너를 생각할 거야

어떤 영화가 좋을까 생각하며 또 너를 생각하겠지

그러다가 커피를 내려 마시며,
그윽한 그 향기를 음미하며,
너에게서 다시 걸려올 전화를 기다리며
한참을 행복에 젖어 있을 거야
창문을 열고 방 청소를 하고 난 후에도 너에게서
전화가 오지 않으면 난 침울해질 거야
내 핸드폰이 혹시 무음인지 아닌지,
진동인지 아닌지 확인하면서
사소한 일을 하는 중에도 틈틈이

간단하게 식사를 하면서
또 너의 향기만큼이나 달콤한 라떼의 부드러운 맛을 그리다가
에스프레소를 마시다가 후회하겠지
나는 네가 원망스러울 거야
너를 생각하면 내가 더 서럽고 바보 같을지도 몰라
금방이라도 너에게서 전화가 올 것 같은데
그런데 왜 나는 용기가 없을까?
핸드폰에 저장된 너의 이름만 누르면 너는 거기에 있는데
그런데 나는 망설이고 망설이다가 차마 너에게 가지 못한다
하루 종일 혼자인 내가 속이 상해 너에게 전화를 하려하지만
난 또 그러지를 못해

바보!

이러한 감정은 진짜 처음이야
소중한 나의 비밀과 보물을 간직하고 있는 것 같은 기분
하지만 언제까지 감출 수는 없겠지
그래도 이 설렘을,
우리의 이야기를 숨기고 싶은 건 왜일까?

나는 너를 내 가슴에 새겨 놓고 항상 네 생각을 해
그건 내 마음만은 아니잖아

내 생각뿐일까?

그래서 너의 마음을 나는 간직하고 또 계속 되새겨
너를 생각하면 행복에 겨운 어지러움에
금방이라도 쓰러질 것 같아
어쩌면 좋아?
아무 것도 하기 싫어
너에 대한 감정만 지니고 싶고 또 네가 없는 나를 생각하면
불안해서 더는 견딜 수가 없어
내가 어떻게 해야 하니?

누구도 흉내 낼 수 없게 나 혼자만 간직하고 싶은데
그래도 자랑은 하겠어
조금씩 아주 조금씩
너에 대한 감정을 아무도 가져갈 수 없게
그렇게 자랑하겠어

그런데 왜 그럴까?
네가 내 옆에 없으면 마음이 허전하고 혼자서는
아무 것도 할 수 없을 것 같은 기분
네가 없으면 나는 이 공간에
텅 빈 그 자체로 남을까봐 무서워
뭐랄까?
집착?
아니 그런 단어는 싫어!
네가 싫다면 난 아무 것도 할 수가 없어
또 그래서도 안 되고
당장이라도 너에게 달려가고 싶지만 그럴 수는 없어
단지 내 생각뿐이고 너에게 또 급한 일이 있을지도 모르잖아

나는 그래
너무 소심해서 너에게 달려갈 수가 없어

어쩌니?

당장이라도 나는 너에게 달려가 사랑한다고 말하고 싶은데
너를 너무 의지 했던 탓일까?
너무 많은 것을
그래서 겁나는 걸까?
너에게 그 말을 했을 때
네 감정을 나는 감당할 수 없을 것 같아
그래서 우리는 언제나 친구였는지도 모르겠다
친구라고 서로 부정은 하지 않았으니까

나는 너의 무엇이었을까?
분신이었을까?
항상 네가 즐겁고 행복하면 나는 늘 좋았으니까
네가 괴롭고 슬프면 나도 그러했으니까
너 없는 이 세상을 생각하지 못했으니까
그래서 늘 너를 지켜주고 싶었으니까

하지만 나는 너에게 나를 내세우지 못했어

어떻게 해야 하니?

바쁜 일에 시달려 너를 만나지 못하는 날이면 나는 우울해져
일에 열중하다가도 너의 생각이
문득 머릿속을 스치고 지나갈 때면
하던 일 다 때려치우고 너에게 달려가고 싶어
하지만 그럴 수 없어서 우울해져

너는 내가 보고 싶지 않은 거니?
어떻게 해야 하는 거니?
보고 싶은데 어떻게 하니?

오래도록 같이 있고 싶다
너만 옆에 있다면 무슨 일이든 다 할 수 있을 것 같은데
마블의 그 어떤 최고의 히어로도 될 수 있을 것 같은데

너에게 전화를 하려다가 그만 핸드폰의 전원을 꺼
늦은 밤 아스팔트 위를 달리는 차들의 외로운 소리처럼
도대체 그들은 어디로 가는 걸까?
고독이 깃든 밤의
적막 사이로 너의 모습이 아련하게 떠오르는 건
수수한 너의 모습 때문이야
네가 지금 옆에 있다면 너와 많은 대화를 나누며

시간 가는 줄도 모를 텐데

밤의 한 장면 사이로 초췌하게 내려앉은 찬 공기가
내 체온을 식히고
또 네 체온을 식히며 아쉽게 닫힌 창문을 두드린다
너도 두드리겠지
나의 바람이겠지만

나의 너에게 하고 싶은 말이 있어
하지만 나는 언제 너에게 내 마음 속에 감추어 두었던
그 말을 할 수 있을지 모르겠다
그렇게 긴 시간 동안 나는 망설이지 않을 거야
기다려 줄래?
나는 지금 당장이라도 너에게 달려가고 싶은데...

조바심을 내는
그대에게...

이미 떨어질 수 없는 상대이기에
조바심을 내는 것은 어쩌면 당연한 일입니다
이미 미래를 생각하고 있는 서로이기에
조바심을 내는 것은 지극히 당연한 일입니다
자신의 모든 것을 보여주고,
또 자신의 모든 것을 맡길 수 있는 그대이기에
조바심을 내는 것은 감출 수 없는 행복입니다
그러나 그러한 사이일수록 조심스러워야 하며
조바심을 자제해야 합니다

상대도 조바심에 버금가는 책임이라는 것을
느끼고 있기 때문입니다
책임감은 자신을 더욱 어렵고 힘들게 만들며
때로는 원치 않는 길로 이끌기도 합니다
그러한 서로를 조바심의 문턱으로 끌어들이려 한다면
많은 희생을 치르게 될지도 모르며
심지어 자신도 모르는 사이에 불신과 파경에

이르게 될지도 모릅니다
조바심을 밖으로 끄집어내 서로에 대한
불신의 벽은 쌓지 마세요
힘들고 어렵게 쌓아온 당신의 노력이
그렇게 무참히 짓밟힌다면 좋을까요?
상대를 믿어 보세요
믿음으로 상대를 차근차근 보듬어 준다면 당신의 사랑은
어느 누구도 탐할 수 없는 튼튼하고 건강한 사랑으로
자리를 굳건히 하게 될 겁니다

불신으로 인한 불행과 악몽과 자책으로 지내는 나날보다
서로에 대한 아름다운 믿음으로
행복의 순간을 맞이하는 것이 더 좋지 않을까요?
너무도 어렵고 힘들게 또는 일을
복잡하게 이끌려 하지 마세요
당신에게 해가 되면 됐지 득이 될 리는 없어요

오직 둘만의 믿음과 존중이 사랑을 돈독하게 할 겁니다

상대를 조르려거나 억압하려 하지 마세요
상대는 지금 혼자 걷기에 벅찬 길을 걸어가고 있어요

상대의 곁에서 조금의 의지라도 될 수 있는

그러한 자신이 되세요

지금이 서로에게는 너무 힘든 시간인지도 모릅니다

이 순간 서로에게

어떻게 하느냐에 따라 당신의 사랑이 좌우될

시기이기에 현명한 판단이 필요합니다

*

조바심을 내는 이유가 도대체 무엇 때문이죠?

나는 그대의 곁에 있고

그대는 나의 곁에 영원히 함께 할 거라고

약속했는데 이렇게 힘들게 만드는 이유가 뭘까요?

그 약속을 후회하기 때문은 아니잖아요

나라는 존재가 불안하여 옆에 있기가 겁나는 건가요?

그대가 계속해서 조바심을 내게 된다면

나는 그대의 곁에 있을 수 없어요

그대에 대한 나의 믿음이 충분하지 않은 탓에

나 또한 당신을 불신하게 될 거예요

그렇게 된다면 서로 다투는 날들만 늘어가겠죠

그러한 우리의 모습을 접하며 우리의 사랑은 그만큼
빨리 시들어 버리고 말거예요
그렇게 우린 서로에게 더 무책임하고 더 무뎌지겠죠

서로에 대한 존중도 더는 우리에게 존재하지 않을지도 몰라요
단지 그 조바심이라는 단어 때문에 사랑을 포기한다는 것은
너무도 어처구니없는 일이잖아요
어떻게 해요?
조금만 더 차분해질 수는 없는 건가요?

늘 불안해하는 당신을 보면서 나도 불안해하고 싶지는 않아요
그러한 당신과 내가 어떻게 편안하고 포근한 우리의
보금자리를 만들 수 있겠어요
언젠가는 후회하게 될지도 몰라요
나의 선택을 자책하며 또 다른 선택으로 내 자신이
불행해 질 수도 있는데 어떻게 당신을 사랑하겠어요

차라리 우리 헤어져요? 라고 말하지 못했던
내가 미워질 거예요
그대의 계속해서 흔들린다면 내가 먼저 그대의 곁을
떠날 테지만

당신은 미련만을 쏟아내겠죠
그러면 나는 더 그러한 그대의 모습에 견딜 수 없을 거예요
때 늦은 자책으로 후회할 생각이 아니라면
조금 더 현명해지세요

내가 그대에게 그렇게 믿음이 없는 사람인가요?
그러면 자신을 탓하세요
나는 그런 당신을 외면할게요
어차피 당신과 나는 이루어질 수 없는
인연이었던 것 같아요!

*

불안으로 하여 사랑을 포기하려구요?
그렇게 될 거였다면 애초부터 사랑하지 말았어야지요
자신들의 마음을 그렇게 혹사시킬 거였다면
처음부터 욕심은 부리지 말았어야지요
자신은 몰라도
상대에 대해 어쩌면 그렇게 무책임할 수 있나요?
그런 당신이 다시 사랑할 수 있을 거라고 생각해요?
당신은 그러한 생각을 하고 있는 자신에 대해

부끄러움을 느껴본 적은 없었나요?

당신은 당신 자신을 용납하며 자신이 옳다고 생각하나요?
당신은 이별에 대해 어떻게 생각하고 있나요?
이별이라는 글자를 풀어 놓고
단순하다, 라고 다시 쓰는 속물인가요?

그렇지 않습니다
이별은 결코 단순한 것이 아니에요
당신의 가슴은 얼음덩어리군요

헤어짐을 원하는 사람이나
헤어짐을 원하지 않는 사람의 마음은 서로 달라요
그 속에는 많은 아픔과 괴로움과 또 미련이 존재해요
각기 다른 형태로 보이지 않게 존재하니 얼마나 서글픈지
당신은 모를 거예요
당신은 마음을 열지 않고 사랑을 배웠으니 아주 보수적인
사랑이겠네요

이별의 아픔은 영원히 지속될 수도 있으며 또
한 사람을 영원히 파멸시킬 수도 있어요

또한 자신의 바보 같은 행동에 견딜 수 없어
자신을 책망하면서 다시는 사랑하지 않겠다며
스스로를 포기하게 될지도 몰라요

차라리 시작하지 말았어야죠
왜 뒤흔들어 놓고 모르는 척 해요?

왜 그 많은 삶의 행복 중에 사랑을 가장해 또 하나의
아픔을 안겨주는 건가요?
당신은 악마인가요?
다시 물어 볼게요
당신은 정말 사랑했나요?

왜 시련을 자처해요
왜 스스로 나쁜 사람이 되려고 하는 건가요?
다시 한번 가슴에 손을 얹고
마음을 가라앉힌 뒤에 자신에 대해 생각해 보세요
지금 이 순간은 당신의 인생을 바꿔 놓을지 모르는
운명적인 순간이에요
당신의 가슴에 집중하세요
뭔가 느껴지지 않나요?

가슴에서 미세하게 느껴지는 뭉클함
그래요
이제 되돌아가 잊고 있던 당신 자신을 찾으세요
다가가 손을 잡아 주는 거예요
당신의 가슴을 열어 주는 거예요

당신 자신에게 아픔을 전가시키지 마세요
충분히 유연해 질 수 있는 상황을 애써 미련스럽게
옭아매지는 말아요
바보 같이

*

진정 그대만을 사랑해요
내 사랑을 당신이 보이길 원한다면 보여드릴게요
그리고 그 사랑이 성에 차지 않는다면
내 자존심을 갈기갈기 찢어 놓아도 좋아요
나에게는 이미 필요치 않아요
내 영혼을 당신에게 보여주고 싶어요
당신이 볼 수 있다면...
하지만 당신은 나를 보지 않아요

내 내면을요
그래도 나는 내 모든 것을 보여주고 싶은데
이제 됐나요?

그래도 믿을 수가 없다면 어떻게 해야 하나요
말해 보세요?
뭘 더 원하는 데요?

나의 영혼과 육신을 갖고 싶었던 것 아니었나요?
내 영혼과 육신으로 무엇을 하게요?
당신 바보인가요?

내 영혼과 육신을 소유한다고 뭐가 달라지는 건데요?
왜 자꾸만 힘들게 해요
사랑은 환상이 아니에요
서로에 대한 교감이에요
당신이 바란 건 허구와 상상 뿐이에요
사랑은 현실의 그림자예요

이래도 아직 당신이 이해하지 못한다면
나는 당신을 원망할 거예요

나는 그런 당신을 책임질 수 없으니까요
당신은 속아만 살아 왔나요?
나에게 이렇게 큰 실망을 안겨줄 수
있는 건가요?

당신이 너무도 야속해서 나는 울음을 터트릴지도 모르겠어요
당신은 정말 바보였어요

당신을 외면한 채 뒤돌아 걸어가는 내 뒷모습이 어떤가요?
내가 뒤돌아 볼 거라는 생각 따윈 하지 말아요
뒤돌아 선 순간 나는 예전의 내가 아니니까요
눈물 흘려도 좋아요
서글프게 울고 또 몇 날 며칠을 울어도 좋아요
믿음 없는 당신 따위
벌써 잊었는 걸요
그렇다고 당신, 집착은 하지 말아요
더 추해 보인다는 건 당신도 알고 있잖아요

헤어짐이 쉽지
않을 거라 생각했지만...

그 무겁고 딱딱한 자리를 박차고 일어나
무작정 발길을 옮깁니다
자존심의 싸움이 될지도 모르는,
무의미의 존재가 될지도 모르는,
의미의 차원을 한 단계 옮겨놓을지도 모르는,
당신과의 마지막 만남이 될지도 모르는,
쓰디쓴 추억의 고배로 생각되어 질지도 모르는 그 자리를
다시금 머릿속으로 되뇌이며
무의식의 숲으로 점점 다가서고 있습니다
그 숲으로 다가서면 설수록 이렇게 목이 말라오고
숨이 막혀오는 것은 어찌된 일입니까?
나는 어디로 가는지 알 수가 없습니다
나 자신이 누구인가에 대해서도 생각해 본 기억이 없습니다
그리고 이제와 생각하니 나의 가슴 속에 위치해 있는 당신을
자세히 알지 못합니다
어쩌면 당신은 이승에 존재하지 않는 영혼인지도 모릅니다
내 기억 속에 나의 상상으로 만들어진 인물인지도 모릅니다

하지만 그렇게 부정하는 건 나를 부정하는 것일지도 모릅니다

나는 당신과의 싸움에 지쳐 밖으로 훌쩍 도망쳐 나왔습니다
그렇습니다
당신은 존재합니다
그렇지만 당신은 나를 너무도 힘들게 만들고 있습니다
당신이 힘들게 하면 할수록
나는 나 자신에 대한 존재의 의미를
점차 쇠약하게 만들어 가고 있을 뿐입니다
당신으로 하여 내 자신을 거부하고 있는 것인지도 모릅니다
어떻게 된 것입니까?
어떻게 해야지만 이러한 복잡함을
모조리 지울 수 있겠습니까?
나는 복잡한 것을 싫어합니다
그러한 나에게 이러한 복잡함은 쥐약일 수밖에 없습니다
모조리 잊어버리고 싶습니다
어디론가 덧없이 사라지고 싶습니다
이러한 것들이 삶을 살아가는데 꼭 필요한 것이라면
굳이 마다하거나 회피하지는 않겠습니다
젊음을 방관하는 것은 큰 죄악이기 때문입니다
하지만 당신이라는 존재는

나에게 너무나도 힘이 들게 여겨집니다
점점 입이 말라오고 숨이 막혀 옵니다
나의 의지가 아닌 무엇인가의 이끌림에
점점 무의식의 늪으로 빠져 들어가고 있습니다

*

드넓은 바다를 보면 막혔던 가슴이 탁 트일 것 같았습니다
높은 산이라도 오르면 오해의 늪에서
쉽게 빠져나올 수 있을 것 같았습니다
흐르는 강이라도 보면 체념하여 자존심의 허울을
벗어버릴 수 있을 것 같았습니다
차라리 다른 세상 사람들의 일이라고
생각하면 조금이나마 마음이 홀가분해 질 수
있을 것 같았습니다
그러나 그러한 모든 것들은 나의 모순을 성립시키려는
필요 불충분 조건의 한 가지 방법일 뿐입니다
헤어짐이 이렇게 고되고 힘든 것이라는 걸
진즉에 알 수 있었다면
그 오해의 자리에서 후회하지 않을
현명한 판단을 했을지도 모릅니다

그랬다면 이처럼 가슴이 막막하고

답답한 괴로움은 없었을 겁니다

너무도 가볍게 이별을 선언했고

또 일방적으로 나 자신만 내세운 것을

지금은 너무나도 후회합니다

하지만 이미 돌이킬 수 없는 일이 되어버리고 말았습니다

후회하면 할수록 가슴만 아파옵니다

서투른 판단으로 스스로가 비참해지는 것을 용납할 수 없는

내 자신이 밉고 싫어집니다

그 자리에서 조금의 여유와

조금의 느림을 안고 서 있었더라면,

아주 조금만 나 자신을 낮춘 채

한걸음 뒤로 물러서서 상대를 바라보았다면

어땠을까요?

이제 와서 후회하면 뭐하겠습니까

시간은 흘러가면

돌이킬 수 없는 곳으로 사라지고 마는 것을요

어쩔 수 없습니다

이제 체념하는 법을 배워야 합니다

또 그렇게 체념하는 법을 배운다고

또 그런 후회의 선택을 하지 않는다는 장담은 할 수 없지만

지금은 나 자신을 돌아보며 조금 더 성숙해 질 수 있음을
다짐해 봅니다

*

어두운 방 안은 더욱 어둡게 느껴지고 나에 대한 자책은
쉴 사이 없이 가슴을 앓게 합니다
후회의 나날이 되풀이 되면 될수록 당신의 모습이
눈앞에서 아른거립니다
서로를 좋아하고 사랑하면 그뿐이지
왜 오해와 자존심의 허물을
만들어 이별을 선언해야 하는 걸까요?
왜 그 분은 사랑이라는 것 이외에 시기와 질투
그리고 이별을 만들어 놓으셨을까요?
방 안에 촛불을 켭니다
그리고 당신에게 보내는 편지를 서글프게 써내려갑니다
당신에게 보내는 편지로
당신이 조금이나마 마음을 열 수 있으면 좋으련만
그러면 더는 망설임 없이 당신에게 막 달려가고 싶은데
하지만 당신은 마음을 열지 않을 겁니다
그것은 나에 대한 불신 때문입니다

나의 변덕스러움에 어쩌면 당신은 당혹해 할 수도 있습니다

그리고 이러한 상황에서 우리가 다시 만난다 해도

행복의 나날은 결코 오래 지속되지 않을 겁니다

당신도 나와 같은 힘든 시간을 지새우고 있나요?

당신도 나처럼 속절없는 외로움의 시간을 보내고 있나요?

당신도 조금이나마 나처럼 가슴앓이를 하고 있나요?

그렇다고 내가 너무 이기적이라고만 생각하지는 말아요

왜 이렇게 당신이 보고 싶은 걸까요?

도대체 왜 이렇게 힘에 부치는 걸까요?

어두움은 더욱 가슴을 조여오고

여명 속으로 사라지는가 싶더니

금세 새로운 어둠이 한 호흡도 할 틈 없이

더 큰 어둠을 몰고 옵니다

촛불은 나의 마음을 아는지 모르는지 무심하게 타들어 가고

누구를 위함인지 창 밖에선 빗소리가 들려오는데

울고 웃기를 반복합니다

나는 끝없이 한숨을 푹푹 내쉬다가

멈추어진 것 같은 나의 시간을

톡톡 다독여 괴로움에 지쳐 쓰러질지도 모르는 몸을 이끌고

일상 속으로 힘겹게 달려갑니다

*

나의 가슴을 더욱 아프게 매질이라도 하듯

눈은 녹을 틈 없이 쌓여 갑니다

시계의 초침이 계속해서 가쁜 숨을 몰아쉬듯

눈은 내리면서 쌓여갑니다

마치 자존심의 허물이 바람에 날려 대지위에

낙엽 쌓이듯 쌓여갑니다

오해의 잊을 수 없는 갈등과 자책은

나날이 부풀어 오르고 가슴은 가쁜 숨을 몰아쉽니다

도대체 어떻게 해야만 이 모든 아픔을

훌훌 털어 버릴 수 있단 말입니까?

전화벨이 울릴 때면 혹시 당신이 아닌가 하고

그렇게 가슴 부풀어 설레지만 야속하게도 당신은 아닙니다

그렇게 부풀었던 마음은 속절없이 시들어 버리고

그러면서도 먼저 전화를 걸지 못하는 것은,

아직 당신 앞에서 자존심의 허물을 벗어버리지 못하는 것은

당신이 나에게 너무나도 많은 실망을 주었기 때문입니다

그러한 당신의 전화를 기다리는 내가

더더욱 미련스럽게 여겨집니다

당신과 나는 이미 이별을 택한 사이입니다
그럼에도 당신의 전화를 기다리는 것은
나의 마음 한쪽 구석에
아직 당신이 자리하고 있기 때문입니다
어딘가 모르게 텅 비어 있는 것만 같아 마음이 절여옵니다
아마도 나의 가슴 속에 자리했던 당신이 이제는 내 곁에서
멀리 떠나버렸기에 그 자리를 메울 수 없어
허전하게 여겨지나 봅니다
금방이라도 당신에게서 전화가 올 것만 같은데
아니 금방이라도 당신이 나의 눈앞에 나타날 것만 같은데
그렇게 오래도록 당신을 사랑했고 한시라도 옆에 없으면
못 견디게 당신을 원했기에
당신의 빈자리는 나에게서 너무 큰 공백이 되어버렸습니다
가슴에 구멍이라도 난 것처럼...

당신이 있던 내 안의 그 자리를 이제는 깨끗이 지워야 합니다
괴로움과 슬픔과 아픔
그리고 기나긴 기다림과 새로운 만남으로
나 자신을 다시 내세울 겁니다

*

당신이 그립고 원망스러워서 당신에게 전화라도 하려 하지만
전화번호가 머릿속에서만 빙빙 돌뿐
손끝으로 옮겨지지 않습니다
하지만 당신과 자존심의 싸움을 벌이는 것보다
우리가 처음 만난 날 그곳,
그 자리에서 당신과 만나 많은 대화를 나누며
오해를 푸는 것이 현명하다는 판단이 섰습니다
내가 당신을 그토록 그리워했던 것을 보면,
내가 당신과의 헤어짐을 그토록 힘겨워하고
괴로워했던 것을 보면
분명 나는 당신을 절실하게 원하고 있는 것이 틀림없습니다
그리고 또 당신과의 충분한 대화로 우리의 사랑을
지속할 수도 있다는 미련하고 엉뚱한 생각을 합니다

「우리의 싸움은 서로의 노력과 배려로
극복할 수 있으리라 봅니다
헛된 자존심과 오해로 빚어진 우리의 싸움은
서로에게 조금씩만 양보한다면
어쩌면 쉽게 풀 수 있는 과제일지도 모릅니다

그렇게 서로의 진실로

충분히 해결 할 수 있다고 생각했습니다

우리의 싸움은 우리의 사랑이 위협받을 수도 있다는

교훈을 심어준 좋은 계기입니다

그리고 또 한 가지 서로에게서 진실한 사랑과

상대에 대한 의지의 정도와 존재의 정도를

다시 일깨워 준 것입니다

다시는 헛된 일들로 인한 시큼한 싸움은 하지 맙시다」

그렇게 당신에게 문자를 보내려다가

나 스스로도 내 자신이 너무 안타까워

얼굴이 붉어지고 맙니다

당신에게 보내려던 문자를 한 글자씩 지워가며

한순간 헛된 꿈을 꾼

나를 다시금 책망해 봅니다

헤어짐의 준비가 안 되어 있던 우리에게는

정말 가혹한 시간입니다

때로는
너와 함께가 아닌...

살아가는 것이 너무도 힘겹고 녹록하지 않은 날에는
그대에게 의지하여 속상함을 털어놓기 보다는
혼자이고 싶을 때가 있습니다
그 많은 시름을 감추고 그대의 곁에서 벗어나
내 존재의 의미를
다시금 알아보고 싶습니다
그대에 대한 의지로 훌훌 털어버리는 것도 좋으련만
그러지 않는 것은 많이 나약해져 있을 내 자신이
그대에게 너무도 부끄럽기 때문입니다
그리고 또 그렇게 나약해 있을 나에 대해
회의를 느끼기 때문이다
부끄러운 모습의 내가 아닌
당당한 나의 모습을 그대에게 보여주고 싶기 때문이며
또한 나 자신을 시험하는 계기가 될 수 있을 거라
생각했기 때문입니다
그대는 자신에게 털어놓지 않으면
누구에게 털어놓겠느냐며 투정을 부릴지도 모릅니다

하지만 그대와의 보금자리를 상상하는 나이기에
그대에게 나약한 모습을 보이고 싶지는 않습니다
책임감을 스스로 당당하게 느끼며 스스로를
깨달아야 하는 것입니다

그대와의 만남으로 가슴 속에서 무엇인가가 꿈틀거리며
자신을 회피할 수 없게끔 동여매어 놓고 있습니다
그대에게 나의 모든 것을 보여주려 나는 노력합니다
그대 혹시 나에 대한 엉뚱한 오해는 하지 마세요.

그대의 빈자리가 나에게 얼마나 많은 허전함을
가져다 줄 것인지 확인하고 싶습니다
그 허전함을 이기지 못하고 얼마 만에 그대에게
되돌아갈 것인가를 스스로 시험해 보고 싶습니다
나의 가슴 속에 그대가 어느 정도의 의미를
지니고 있는지에 대해
시간을 두고 생각해 보고 싶습니다
그대를 향한 나의 사랑이 진실한 사랑일까?
혹은 가벼운 생각인가에 대해
나 자신을 그대에게 속이고 있지는 않은가에 대해서
생각해 보고 싶습니다

그대와 떨어져 혼자인 나를 발견했을 때
과연 나는 어느 만큼의
침착성을 발휘할 수 있는가에 대해서도 알고 싶습니다
물론 그대 또한 혼자이고 싶을 때가 있을 겁니다
앞에서 말한 바와 같이 그대 또한 그러한 것들에 대해
한 번쯤 생각해 볼만한 여유로움을
느끼고 싶을 때가 있을 겁니다
그럴 때 서슴없이 말하세요
이제 그러한 것들을 한번 쯤 생각해 볼 때라고 생각합니다
'우리는 모조건 사랑하니까'라고 단정 짓기엔
사랑은 너무도 어렵고 힘든 일이기 때문입니다
우리는 진정한 사랑을 하고 있었고
또 우리는 그것을 당연한 것으로 받아들였다 하더라도
막상 이별했을 때 우리의 사랑이
거짓이었다고 느끼는 것 보다
나는 다시금 천천히 우리의 사랑을 생각해 보겠습니다
그리고 그대에게 손을 내밀겠습니다

그대와 나는 이미 둘이 될 수 없는 하나로 존재합니다
그럼에도 혼자이고 싶을 때가 필요한 것은
하나가 아닌 반쪽의 외로움을 느꼈으면 하기 때문입니다

좀 더 그대를 애타게 그리워하며
그대에게 모자라는 나의 부족함을
그대가 만족스럽게 느낄 수 있도록
내 자신을 유도하는 것입니다
나는 나 자신과 그대에게 많은 노력을 하리라 다짐합니다
그대 또한 나에게 실망을 주리라고는 생각하지 않습니다
그리고 나는 그대에게 많은 것을 바라지 않겠습니다
그대에게 많은 것을 바라기 이전에
내가 먼저 그대에게 나의 모든 것을 보여주겠습니다
내가 그대에게 많은 것을 보여주는 것에 대해
부담을 갖지는 마십시오
그것이 부담이 된다면
그대가 전하길 원하는 만큼만 그대에게 전하겠습니다

*

때로는 그대와 함께가 아닌 혼자이고 싶을 때가 있는 것은
그대에게 보내준
나의 모습에 대한 반성의 계기를 찾기 위함입니다
내가 좀 더 많은 노력을 할 때
당신은 점차 그러한 나에게 만족을

느끼리라 생각합니다
그대를 방법적으로 사랑하가 보다는
실질적으로 사랑하기에 나는
가끔씩 혼자가 되기를 원하는 것입니다

그것은 그대를 사랑하기 때문에 어쩔 수 없이 지녀야 하는
당연한 일입니다
혼자가 아니기에 더 단단해져야 합니다
그대와 떨어져 혼자가 된다는 것은
혼자만이 생갈 할 수 있는 시간이 필요하기 때문입니다
혼자만의 시간 속에서 좀 더 성숙된 자아와 그대에 대한
그리움으로 새로운 활력을 불어넣기 위해서입니다
그대가 싫어 혼자이고 싶어 한다는 오해는 하지 마십시오
그런 오해를 하다면
나는 정말로 그대에게 화를 낼지도 모릅니다
나 또한 그대를 떠나 혼자가 되는 것은 죽기보다 더 싫습니다
그대 곁에서 한없이 얼굴만 바라보고 싶지만
그것은 잠시 동안의 행복에 불과합니다
사색할 수 있는 시간이 필요하다 함은 그대에 대한 반성과
휴식 이전에 그대와도 결부됩니다
또한 그것은 사랑에 대한 고독을 의미하는 것입니다

그리고 그대에게도 필요한 시간입니다

그대도 나를 정확히 알고 믿고 의지하며

의미를 가져야 합니다

그것은 서로가 하나로 존재할 수 있음을,

어느 한 사람의 의지가 아닌 두 사람의 믿음으로

성숙시킬 수 있는 원동력이 되기 때문입니다

잠시 혼자 있고 싶을 때야 말로 자신을 새로운 관점에서

파악할 수 있는 좋은 계기인 것입니다

그대 또한 그리움으로 인한 새로운 면을

나에게 느낄 수 있을 거라 생각합니다

그러한 계기로 인해 우리는 좀 더 많은

여유를 즐길 수 있으며

서로를 오래도록 사랑할 수 있을 것이라 생각합니다

잠시의 행복보다는 오래도록 영원히 지속될 수 있는 사랑을

우리의 믿음과 존경으로 노력합시다

＊

나의 존재가 과연 당신에게

어느 만큼의 소중함을 지니고 있습니까?

당신에게 물으면 당신은 양적인 표현보다는

질적인 언어의 한마디로 답해주십시오

당신이 나에게 나의 존재가 과연 당신에게
어느 만큼의 사랑을 지니고 있습니까?

당신이 물으면 나도 당신에게 거짓 없이 말하겠습니다

"때로는 당신과 함께가 아닌 혼자이고 싶을 때가 있습니다"

그것은 당신을 진실로 원하기 때문입니다
나는 당신과 함께가 아닌 혼자의 외로움으로
나에 대한 부족함을 깨달으려 하기 때문입니다
그리고 또한 당신에 대한 나의 감정을
다시금 순화시키기 위해서입니다
나는 당신을 사랑하기에
그리고 당신을 더 많이 나의 가슴 속에
간직하려고 가끔은 혼자이길 원하는 것입니다

이러한 나를 당신은 이해하십니까?
자, 이제 나의 답변은 끝났습니다
이제부턴 당신의 차례입니다

애교를
떨지 못하는...

고상한 음악이 흐르는 분위기 있는 카페에 당신과 내가 있고
당신은 아무런 대답 없이 무릎 위에 가지런하게
손을 올려놓고 음악에 열중합니다
나는 그러한 당신 앞에서
당신의 흥얼거리는 콧노래를 듣습니다
마치 당신이 남인 것처럼 주변을 두리번거리며
들어오고 나가는 손님들에게 신경을 곤두세웁니다

우린 단둘이 앉아 있다는 것만으로도
남이 아니라는 것이 성립됩니다

구석자리에 홀로 외롭게 앉아 있는 여자 손님에게 주시하며
한참을 한눈팔다가 아차 싶어 당신을 보면 당신은 얼굴에
미소를 띠며 가느다란 눈빛으로 나를 쏘아봅니다
그러면 나는 당황하여 어찌할 줄 몰라 당신에게
살짝 윙크를 합니다
그럴 때면 당신은 나에 대한 위태로움에

그 여자 손님을 주시하며
내가 한눈 팔 수 없겠끔 대화를 이끌어냅니다
그러다가도 마음이 놓이지 않는지 밖으로
나가자고 보챕니다
당신의 팔에 이끌려 거리로 나서면 당신은 화가 난 듯
빠른 걸음으로 투정을 부리며 걸어갑니다
당신의 그러한 모습을 지켜보다가 미안하여
손이라도 꼭 잡아주면 당신은 얼굴에 미소를 띠며
다시 가느다란 눈빛으로 나를 쏘아 봅니다
그러곤 "다시는 그러지 않을 거지" 라고 말하며
나의 옆구리를 가볍게 꼬집습니다
그러한 당신의 모습을 내 어찌 미워할 수 있겠습니까
그처럼 당신은 미워할 수 없는
애교의 한 방법을 가지고 있습니다

애교를 떨지 못하고 단 한 방울의 술도 마시지 못하고
노래를 썩 잘 부르지 못해도 나는 당신이 좋습니다
꾸밈없고 수수하고 순수한 당신의 모습이
나는 너무도 좋습니다
양념치킨을 먹다가 옷에 묻혀도,
가져다준 물 컵을 살짝 탁자에 엎어도,

떡볶이를 먹다가 고추장 양념이 입가에 묻어도
그러한 당신의 모습이 좋습니다
나의 앞에서
꾸미려거나 속이려하지 않는 당신의 그 수수함이 좋습니다
웃을 때 입을 가리고 웃는다거나 대화를 나누는 도중에
화장을 고치려고 내숭떨지 않는
당신의 숨김없는 편안함이 좋습니다
당신에겐 부담이라곤 전혀 찾아 볼 수 없어
그것이 좋습니다
당신은 나를 이끌려고도, 억압하려고도 하지 않습니다
다만 자신의 모습을 나에게 부담 없이 받아주길
원할 뿐입니다
그러한 당신은 나를 많이 이해합니다
그러다 보니 당신의 그러한 실수 하나하나가 나에게는
달콤한 애교의 향기로 느껴져 옵니다

내가 속상하여 술을 아주 많이 마시고 주저앉아 있으면
당신은 혹 자신이 무슨 잘못이라도 한 것처럼
웃음을 잃고
나의 얼굴만 뚫어지게 바라봅니다
그런 당신의 모습을 보면 내가 더욱 미안해

어쩔 줄 몰라합니다
그러면 나는 이러한 말로 당신에게 쏘아부칩니다

"너는 여자가 왜 그렇게 무드가 없어."
"……"
"그리고 애교는 어디다 팔아 버렸어."

그러면 당신은 울상이 되어버립니다
정작 당신에게 그런 싸구려 말을 하려했던 것은 아닌데
그런 말을 당신에게 한 것을 한쪽으로 후회하며 그 말에
울상이 되어버린 당신의 표정이 웃겨
다른 한쪽으로 막 웃습니다
그처럼 당신은 당신 이전에 나를 먼저 생각해 주며
한 치도 자신을 내세우려하지 않습니다
또한 내가 당신을 한없이 무시한다 하여도
당신은 나에게 무시당함을 기분 나빠할 당신이 아닙니다
그러한 당신이기에 당신에게 아무렇게나 대할 수는 없습니다
그리고 또한 당신을 무시할 수도 없는 것입니다
당신에게서 슬픈 모습을 간직하게 할 수는 없습니다
당신이 슬퍼지면 당연히 나 또한 슬퍼지기 때문입니다
내가 당신을 사랑하는 것만큼

나를 사랑하며 안쓰럽게 생각하는
당신의 마음이 너무도 사랑스럽고 행복하여
당신의 입술을 살짝 깨물어주고 싶어집니다
당신에게 사소하게 여겨지는 표정이며 행동들이
나에게는 애교스럽고 사랑스럽게 여겨집니다

간혹 야외로 외출을 하게 되면 당신은
너무나도 좋은 나머지 얼굴에서 미소가 가시질 않습니다
나의 옆에 달라붙어 어찌할지 몰라
안절부절못하는 당신의 모습은 나를
행복하게 하며 한쪽으로는 안쓰럽게 합니다
그렇게 좋아하는 당신을 진즉에 이러한 곳으로
데려오지 못했을까?
하는 미안한 생각 때문입니다
솜사탕을 사서 한 손에 들고 다른 한 손에 풍선을 든
당신의 앳된 모습,
그러한 모습은 마치 어린아이 같지만
나 자신은 더욱 당신에게 이끌려 들어갑니다
많은 인파들 사이에서 우리는 남이 아닌 연인으로 존재합니다
나의 팔은 당신의 어깨를 감싸고
당신의 팔은 나의 허리를 가볍게 감싼 채

다정하게 대화를 나누며 여유로운 발걸음으로

거리를 거닙니다

그러다가 엄마의 품에 안기어 있는 아이를 보면

한 번 안아 볼 수 없냐며 아기의 볼에 살짝 손을 가져갑니다

그럴 때면 나도 모르게 얼굴이 새빨갛게 달아오릅니다

아기의 해맑은 미소에 반해 어쩔 줄 모르는 당신의 모습은

예비 엄마의 숨결이 전해오는 것 같습니다

아기와 떨어지려하면 당신의 고운 눈에선

방울방울 고운 눈물방울이 고여지고

아기는 서럽게 울어댑니다

그러면 아기에게 풍선을 주고 오는

당신의 순박하고 아름다운 모습에서

나는 당신을 선택한 것을 행복으로 여깁니다

당신의 그러한 모습들은 사소하나마

나에게 사랑스럽게 여겨지며

영원히 당신 곁에 있을 것이라고 다짐합니다

그리고 가슴에 작은 손가락을 겁니다

당신의 사랑스러운 하나하나의 모습들

그것이 애교가 아니고 무엇이겠습니까?

당신이 예비 엄마의 순수하고 앳된 모습으로

아이를 안아보고 싶어 하는 것처럼 나 또한

당신을 힘껏 안아줍니다

한 쌍의 다정한 연인이 우리들 앞을 지날 때면
당신의 표정이 안쓰럽게 보입니다
당신의 성격이 애교가 없고 발랄하지 않으며,
내성적인 나머지 앞의 아가씨와는 달리 남 앞에서
내보이기를 꺼려하며 내성적이라고 단정하겠지만
그것은 당신의
자신에 대한 오해와 걱정임이 틀림없습니다
그것은 당신이 생각하는 것뿐이지
실질적인 당신의 모습은 다를 수 있습니다
내가 당신에게 느끼는 모습과는 다르기 때문입니다
적어도 당신 모습에서는 거짓 없는 진실이
깊이 숨겨져 있기 때문입니다
앞의 연인들의 표현이 거짓이라면
그것은 보여주기 위한 그들의 허구라고 할 수 있습니다
의미 없이 보여주며 허위 만족을 느끼는 것
그것을 안다면 당신의 성격상 큰 충격을 받을지도 모릅니다
당신은 그처럼 꾸밈없고 수수합니다
그 여인들처럼 당신은 나에게 아무렇지 않게 대하지만
한 구석에 그득하게 자리 잡은 당신의 어둠은

나를 아주 속상하게 만듭니다

잠시 당신의 어깨에 나의 팔을 감싸면

당신은 메말라가는 오아시스에 촉촉한 빗방울을 적시듯

나의 마음을 조심히 간지릅니다

그럴 때면 앞서 걸어가는

연인들에게 자랑이라도 하고 싶어집니다

우리의 사랑은 끈끈한 사랑으로

서로의 마음을 감싸듯 하나이게 합니다

그처럼 우리는 하나가 되어가는 것입니다

너무 느리지도,

빠르지도 않게 적당한 시간을 두면서

사랑이라고
말할 수 있을까...

나는 그대가 절실히 그립습니다

그러나 그리움은 간절하지만 내색을 하여서는 안 됩니다

한순간 그대가 너무도 원망스러웠기에

혼자일 수밖에 없는 내가

더욱 초라하게 여겨집니다

하루하루 살아가는 것이 마치 지옥인 양 여겨질 때가

하루 이틀이 아니었습니다

그럴 때마다 당신의 생각은 끊임없이

나의 삶을 뒤흔들어 놓으며

당신을 욕하게 만들었습니다

어찌 당신을 욕하지 않을 수 있었겠습니까

괴로움의 나날들, 슬픔의 나날들, 외로움의 나날들,

그 오열의 나날들과

그리고 이별을 지우기 위한 아픔의 나날들...

계절이 바뀔 무렵이면 당신을 잊을 수 있으리라 생각했건만

계절이 바뀌는 사이에도 당신에 대한 아픔은 지워지지 않으며

나를 더 더욱 아프고 간절하게 만들어 놓았습니다
비라도 쉴 사이 없이 내린다면 그 비를 흠뻑 맞으면서 서럽게
울고 싶었지만, 그렇게 빗속에서 큰 소리로 울고 싶었지만
울 수 없었던 것은 당신에게 너무도 초라하게 보일까봐
두려웠기 때문입니다
당신을 잊어야 하겠지만 그것이 마음먹은 대로
되지 않는 것은
아픔을 성숙으로 깨달아야하기 때문입니다

어느 날 길을 걷다가 당신과 마주치면
난 어떻게 처신해야 합니까?
그 자리에 우두커니 서서 당신이 지나가길
기다려야 합니까?
당신의 눈을 사심으로 가득 찬 눈으로
뚫어지게 바라볼 수도 있겠습니다
당신이 다른 상대와 걸어가는 것을 보면 바로 달려가
그 상대의 머리채를 잡고 뒤흔들 수도 있습니다
그러다 당신이 아무 느낌 없는 척 그냥 지나쳐 가면
더 자책하며 집으로 돌아와 서러워 엉엉 울지도 모릅니다
당신과의 추억들이 서러워서

당신과의 사랑이 거짓이었음을 깨닫고
당신과의 만남을 모두 지우기 위해서
내 앞을 냉정하게 지나친 당신의 뒷모습을 보던
내 자신이 서러워서
나는 당신에게 한 치의 양보도 베풀지 않겠습니다
당신이 이제는 너무도 밉습니다
당신에게 내가 너무 많은 것을 기대하고 있었나 봅니다
적어도 내가 사랑한 당신이기에
당신만큼은 등 돌려 남이 된다고 하여도
외면하지 않을 줄 알았는데
당신은 끝까지 나에게 실망을 안겨 주었습니다

남이 되어버린 당신을 원망해서는 안 됩니다
당신을 철저히 잊어야 합니다
당신을 잊지 않는 다면 당신에게도
나에게도 불행한 일일 수밖에 없습니다
이미 내 곁을 떠난 당신이기에
당신의 앞날을 축복해 주어야 하며
나보다도 더 좋은 상대를 만나 행복할 수 있기를 진심으로
기원해야 합니다

당신을 잊기 위해 떠나 온 이곳

당신과의 묵은 사랑을 묻어버리고

나는 새로운 이곳에서 다시 출발해야 합니다

그 시작이 쉽지만은 않겠지만 나에게 주어진 것은

새로운 출발을 헛되지 않게 노력해야 하는 것입니다

가끔은 그대를 떠올리며 괴로워하고 외로워하며

힘겨워하겠지요

새로운 시작이 쉽지 않은 만큼

당신을 떠올리는 것 또한 자재해야 할 겁니다

그러나 기억 속에서나마

당신의 도움을 받아야 할 것 같습니다

당신의 도움 없이 새로운 이곳에서 다시 보금자리를 만들기는

꿈에도 생각지 못했던 일이기 때문입니다

그렇다고 당신에게 직접적인 도움을 받는 다는 말은 아닙니다

내 기억 속에 잠재해 있는 당신,

내 곁에서 떠난 당신이 아닌

나를 사랑하고 있는 내 기억 속의 당신을 말하고 있는 겁니다

내가 새로 정착할 수 있을 때까지

"꺼져 이 찌질이야!"

나를 무참하게 짓밟은 당신이 너무도 원망스럽습니다

많은 날을 실의에 빠져 지내며 당신이 보기 싫은 만큼

오래도록 내 기억 속에 잠재해 있으리라고는

생각지도 못했습니다

당신은 아무런 동정도 감정도 그 무엇에도

동요되지 않았겠지요?

아무렇지 않게 당신은 자신의 기억 속에서 나에 대한 존재를

쉽게 지우려고 노력조차 하지 않는 여유를 가졌을 겁니다

반면 나는 혼자만의 괴로움으로 내 자신을 괴롭혔습니다

내 기억 속에서 당신에 대한 기억이

빨리 사라지기를 간절히 원했습니다

그러나 그 아픔은 아직도 잊혀지지 않은 채

많은 실의의 나날을 더 많이 보내야만 했습니다

이러한 나의 마음을 당신은 알고 있을 턱이 없습니다

왜 서로 같은 사랑을 했음에도 불구하고

나만 아파하고 괴로워해야 하는 겁니까

너무도 불공평합니다!

너무나도 내 자신이 싫어집니다

너무나도 슬픕니다

이처럼 당신을 사랑하고 있는 줄은 몰랐습니다

당신이 나의 운명을 뒤바꿔 놓을 줄은

꿈에도 생각지 못했습니다

그렇지만 이제는 밖으로 당신을 원망

표현하지는 않겠습니다

표현하면 할수록 서로가 힘들어할 것이기 때문입니다

내 기억 속에, 사랑했던 사람이기에 영원히 아름다운 감정만

남기고 싶습니다

당신 또한 나를 그렇게 추억 속에 간직해 준다면

나는 그나마 위안을 받을 겁니다

그것이 우리의 마지막 사랑의 의무라고 생각합니다

서로의 마음을 상하지 않게 하는 올바른 길이겠지요

나는 당신을 절대 원망하지 않습니다

아니면 말구요

시작과
끝의 의미는...

자신을 아낌없이 줄 수 있는 누군가의 무엇이 되기 위해

우리는 너무도 많은 날을 기다림으로 지내왔습니다

힘겹고 어렵게 한 사람의 상대를 찾기 위해

우리는 너무도 힘든 길을 걸어왔습니다

배우자를 찾는다는 것은 새로운 시작을 의미합니다

새롭게 자신을 가꿀 수 있는 자리가 준비되는 것입니다

그 사람은 바로 당신입니다

기다림의 시간 속에 그토록 내 가까이 있을 거라고는

생각지도 못했던 당신인 것입니다

좀 더 일찍 나의 기다림이 당신이라는 것을 알았더라면

깨달을 수 있었다면

그렇게 먼 곳에서 해매고 있지는 않았을 겁니다

그러한 나를 당신은 원망할지 모릅니다

천만 다행입니다

당신을 이렇게 만나게 된 것은

내 방황의 기로를 이제는 방황일 수 없게

안전지대로 이끌어준 행복입니다

서로의 배우자를 찾기 위해
많은 날의 기다림으로 지내온 만큼
우리 행복해야 합니다

*

생각해 보세요
기다림의 나날 속에 힘들고 외로웠던 일들을
헛되이 하렵니까
그러한 것들을 헛되게 한다면 당신은 자신에 대해
너무도 부끄러울 겁니다
불행으로 삶을 비관 하렵니까?
그렇다면 나는 당신을 선택한 것에 대해
괴로워할지도 모릅니다
나는 당신에 대해 많이 알고 있습니다
그렇기에 당신의 그러한 모습을 지켜보고만
있을 수는 없습니다
나는 절대 그러한 모습을 용납할 수 없습니다
나는 당신을 올바른 위치에 서게 할 겁니다
그 많았던 아픔을 뒤로하고 다시는 그러한 아픔을
느끼고 싶지 않기 때문입니다

다시 한번 생각해 보세요

이제는 당신 혼자가 아닙니다

만약 당신이 이러한 나마저도 외면한다면

당신은 절대로 행복할 수 없을 겁니다

당신 스스로 체념하고 자책하게 될 겁니다

당신 스스로 행복을 저버리는 결과가 지속될 겁니다

내가 당신이 원하는 배우자의 조건을 갖추지 못했다면

만약 그런 것이라면

내 스스로 당신 곁을 떠나겠습니다

그러나 당신은 그러한 것으로

자신을 용납하지 못하는 것이 아닙니다

그것을, 그 원인을 나에게 말해주세요

적어도 당신의 괴로움에 고개를 끄덕일 수는 있습니다

그러나 당신이 그것마저도 외면한다면

나는 영원히 당신을 원망할지도 모릅니다

영원히 슬픔에 잠겨 외로워할지도 모릅니다

영원히 당신 앞에 초라한 사람으로 자리하게 될 겁니다

애원하지는 않겠습니다

당신이 그것을 원한다면 그렇게 하세요

절대 말리지 않겠습니다

＊

당신은 나의 생활 속에 침범할 수 없는 존재로

기억 속에서만 가물거릴 겁니다

그것이 전부입니다

그리고 한때 내가 죽도록 사랑했던 당신은

다른 누군가가 되어버릴 겁니다

철부지의 불꽃놀이

다시금 당신이 내 곁으로 돌아온다 하여도 마음속에서

받아들이길 거부하는 미운 존재가 되어버릴 것입니다

이제는 과거형이 되어야겠지요

한때 당신을 죽도록 사랑했습니다

이제 당신의 기억은 추억으로

행복했지만 슬픈 과거로 존재할 뿐입니다

이러한 내게 당신이 되돌아와서 무엇을 바라겠습니까?

더 불행한 감정을 남기려고요?

내겐 더 이상 그러한 아픔을 이겨낼 힘이

더는 남아 있지 않습니다

제발 나를 이대로 내버려 두세요

이제 겨우 치유된 상처를 다시 멍들게 하지 말아주세요

제발 부탁합니다

너는
나를...

너는 나를 행복하게 만들 수 있는 유일한 사람이다

그러나 너는 모른다

내가 너에게 내색하는 법이 없기 때문이다

너는 아마도 내가 너에게

이러한 생각을 지니고 있을 거라고는

꿈에도 몰랐을 것이다

네가 나에게 소중함을 지니 듯 나 또한 너에 대해

많은 것을 감지하고

그것을 너 모르게 가슴 속 깊이

아주 소중하게 담아두는 것이다

그러면 그럴수록 너에 대한 나의 사랑은

산더미처럼 더 거대하게 치솟아 오르고

형체를 파악할 수 없는 해일처럼 거대하게 밀려온다

하지만 나는 너에게 절대 내색의 빛을 보이지는 않는다

내가 너에게 무표정할수록

너는 더 큰 사랑으로 나를 놀라게 만들며

흥분하게 만들기 때문이다

너는 풍부한 감수성과 예민함을 지니고 있으며

그것으로 가끔 나를 당황하게 만든다

그럴 때면 나는 너의 새로운 모습에 감탄하고

또 그런 네가 신비롭게 느껴지기까지 한다

그러한 네가 나의 곁에 가까이 있는 것이 너에게는

너무나도 큰 행복이다

나는 그래서 항상 즐겁다

언젠가 나 또한 너에게 산더미처럼 거대한 사랑을

감추지 않고 자랑스럽고 미친 듯이 내보일 것이다

너의 감탄하는 모습을 보기 위해 깊이 간직해 두었던

너에 대한 사랑으로

너를 그 누구보다도 더 행복하게 만들어 줄 것이다

그러나 나의 이런 마음을 너는 모른다

너는 내가 유일하게 가슴을 열어 보일 수 있는

나의 소중한 하나이다

너는 아마도 이 밤 너의 사랑에 무표정한 나를 바라보면서

안달을 하고 있을지 모른다

이러한 너의 깊고 커다란 사랑도 눈치 채지 못한 채...

너를
느끼는 순간...

나는 너에게 결코 적극적이지 못하다.

너를 그저 먼 발치에서 그리워하며 지켜볼 뿐

다가서는 것을 두려워한다

그러한 나의 나약함에 대해 자책할 뿐이다

네가 나에게 다가오리라는 것은

나의 작은 희망에 불과할 뿐이다

나의 용기 없음을 탓하고 또 용납할 수 없는 비애감으로

나는 하루하루를 괴로워하며 힘겨움으로

몸부림 치고 있을 뿐이다

바보처럼 너의 주위만 빙빙 돌며 지켜볼 뿐

적극적으로 나서지 못한다

너에게 다가서려하면 너무도 완벽한 너이기에 나에게 틈을

주지 않는다

그리고 보면 나는 너에게 한없이 작아지는 못난이다

너는 어느 순간부터 나의 첫 번째 존재한다

너는 많은 친구들이 있으며 항상 그들과 어울리기를 좋아한다

그러한 너에게 내가 들어설 자리가 있으리라곤

생각하지 않으며 엄두도 내지 못한다

너는 매우 상냥하고 아름다움의 상징성도 충분하다

그런 너는 눈에 집어넣어도 아플 것 같지 않은

성품과 사랑스러움을 모두 겸비한 사람이다

그런 너의 앞에서 나의 모습은 추하고 작게 여겨질 뿐이다

너의 앞에서 나는 근접할 수 없는 선을 스스로 긋고 만다

그것으로 만족한다

그러나 그것 또한 모순이다

자신이 사랑하는 사람을 향해 접근하지 못하고 주위에서

빙빙 돌고 있는 것은 바보스럽고 소심한 일이다

사랑을 성취하기 위해서는

그만큼 큰 용기와 패기가 뒷받침 되어야 한다

만약 내가 너에게 접근하지 못하고 오랜 세월

아쉬움의 집착을 잊지 못한 채 살아간다면

나는 더 없이 불행한 사람이 될 것이다

적어도 우리는 호감을 지니고 있는 듯하다

물론 내 생각이기는 하지만...

감정을 정리하지 목한 채

어느 날 길을 걷다가 우연히 옷깃을 스치고 지나가는

너를 만난다면 나는 어떻게 해야 할까?

너는 그저 아무 감정 없이 그저 동창쯤으로 생각하며
갈 길을 서두르는데
생각하면 나는 작아진 나의 모습에
더더욱 불행함을 느낄지도 모른다

네가 나의 운명이라면
내가 이렇게 지체하고 있을 필요가 없을 것이다
꼭 그렇지 않더라도 한 사람의 동행을
찾기 위한 최선의 성의는 보여야 하는 것이다
그것이 살아 있는 한
사랑하여야 하는 우리의 목표이며 과제인 것이다
불행하지 않기 위해서라기보다는 한 사람의 그가 되기 위해서

네가 더없이 아름답게 보이는 것은
오직 나에게만 유효한 것인지도 모른다
다른 누구에게서 너는
그저 평범한 사람 중의 하나일지도 모른다
그렇다
너에게 마음을 주고 힘들어 하는 것은 필시
숙명인지도 모른다
그래 나는 지금 망설여야 할 것이 아니라

당장 너에게 가야한다

*

너를 보는 순간 나는 절망한다
나의 절망을 너는 애써 감싸주려 하지만
나에게선 그것조차도 절망스럽게 느껴진다
그것은 너에 대한 나의 참혹한 죄악이다
우리에게선 이미 이별이란 존재할 수 없기 때문이다
이별이 존재하지 않는다는 것은
이미 우리가 하나로 존재한다는 것이다
그렇다고 해서 그것에 절망을 비유하는 것은 절대 아니다
너는 나의 마음을 모를 것이다
아니면 알면서도 모른 척 하고 있는지도 모른다
너는 나를 위해 이 세상에 태어났으며
항상 나를 위해 이 세상에 존재해 왔다
그리고 나를 위해서만 시간을 배려했으며 절실히 사랑했다
그러한 너에게 내 무엇을 못해주겠는가
하지만 지금 너의 앞에 선 나의 모습은
미숙하고 초라하며 부끄럽다
그것은 물론 우리의 결합으로 좀 더 성숙해질 것은

당연한 일이지만

이 순간 나는 그것에 절망한다

나의 헐거운 모습에 비해 너의 사랑은 매우 뜨겁고

강렬하기 때문이다

그리고 나에겐 그러한 너를 감싸줄 능력이 아직은 미약하다

너는 매우 사랑스러운 사람이며 매력적인 사람이다

그러한 너에게서는 물질적인 것으로 선을 긋고 싶지는 않다

하지만 사랑만을 먹고 입으며 이 험한 세상을 살아가기란

생각처럼 쉬운 일이 아니다

그렇게 절망할 수밖에 없는 내가 부끄러울 따름이다

하지만 나는 너에게 약속한다

내가 너에게서 무엇인가 되기 위해 노력하듯

네가 나에게 그 무엇인가가 되기 위해 노력하듯

그 무엇에 책임을 다하기 위해 힘겹더라도 절망하지 않으며

영원히 나의 의지를 내세울 것이다

이 순간 절망이라는 것을 너는 트집 잡아서는 안 된다

이것이 혼자만의 마지막 절망이기 때문이다

이제부터 내가 너에게 줄 수 있는 것은

너만을 위해 영원히 존재하는 것뿐이다

다른 곳에 한눈팔지 않으며

우리의 사랑을 위해서 힘껏 노력하는 것이다

*

나는 무엇 때문에 이렇게 힘겨워하고 있는가?

이별의 아픔을 달래기엔 너무나도 많은 세월이 흘렀고

그에 대한 미련조차도 나는 지니고 싶지 않다

그러한 내가 무엇 때문에 쓸쓸해야 하고

무엇 때문에 외롭고 슬퍼야 하는가?

아직도 내 마음 깊은 곳에

그에 대한 집착이 존재하고 있기 때문인가?

그러하다면 나는 정말로 어찌해야하는가?

이미 그는 많은 세월이 흐르는 동안 나란 존재를

시간의 한쪽 귀퉁이에 까맣게 묻어두고 있을 것이다

어쩌면 그는 나의 소중했던 사랑을 한낱

휴지조각 쯤으로 취급하고 있을지 모른다

심지어 소꿉놀이에 비유하며 콧방귀를 뀌고 있을지도 모른다

애초부터 우리는 돌이킬 수 없는 남이었다

그 이상도 이하도 아니었다

그와의 해복했던 날들은 나의 착각이었거나

그의 본심이 아니었다

내가 그에게 사랑을 소중히 포장하여 주는 사이에도

그는 나를 향해 비웃음의 갈채를 보내고 있었을 것이다

언제나 무표정했던 그의 얼굴에 웃음을 강요했고
행복한 표정만을 자아내길 원했었다
그는 그것에 싫증을 느꼈고 나에 대한 마지막 이별의 선물로
한 번의 가벼운 입맞춤을 선사한 것이다
그는 자신이 원하는 진정한 사랑이 아니었기에
나를 포기했을 것이다
그러한 그와 나의 관계에
더 이상의 의미를 부여한다는 것은
이제 있을 수 없는 일이 되고 말았다
정작 이처럼 가슴이 허하고 허전한 것은
그에 대한 원망이기 이전에
나의 바보 같은 집착에 대한 불쾌감 때문일 것이다
그렇다
첫사랑의 실패는 어린 시절의 서투르고 해맑은 사랑이기에
자신에 대해서도 관대해야 한다
이별의 상처를 아물게 하는 것은
나의 좌절이 아닌 무엇보다도 시련을 이겨내는
나의 성숙함이다
그 미숙했던 사랑은
그 시간 그 자리에 오롯이 남겨두면 그만이다

사랑을 받기 위해
사랑했던 것은...

그는 언제나 당신만을 사랑한다고 했습니다
사랑한다는 말을 밥 먹듯 달고 다니며
떨어질래야 떨어질 수 없는
운명적인 영혼의 결합이라고 좋아라했습니다
그는 눈 오던 날 다시 당신에게 고백했습니다

"우리 헤어지지 말고 오래오래 우리 둘만의 사랑을
확인하며 행복하게 살아요.
영원히 흐려지지 않는 영혼의 꽃처럼 말이에요"

그리고 봄이 되어서 그는 당신을 희롱이라도 하듯 비웃으며
대수롭지 않게 이별을 선택했습니다
게다가 그는 당신과의 사랑을 비아냥거리기까지 했습니다
그는 정말 잔인한 사람입니다
적어도 당신에게는 조금의 잘못도 실수도 없습니다
당신은 도무지 그가 떠난 사유를 알지 못했습니다
그래서 당신은 아직까지도 그를 잊지 못하고

힘겨워 하는 것인가 봅니다
한 해가 흐르고
또다시 한 해가 흐르면 그의 모습은
점차 당신의 기억 속에서 잊혀져 갈 겁니다
때로는 마지막 키스를 생각하고
또는 가장 행복한 그와의 순간을 생각하겠지만

당신은 그를 잊기 전 단 한 번만이라도
그를 만나고 싶어 합니다
그것은 그에게
당신을 등진 적당한 이유를 듣고 싶기 때문입니다
하지만 그에게서 당신의 존재란 이미 남아 있지 않습니다
한순간 스쳐 지나갔던 사람이거나
한때 사랑했지만 이제 추해져버린
사람쯤으로 생각하거나 판단하겠지요
한순간 당신을 만나는 것조차 그는
꺼려하거나 불쾌해 할지도 모릅니다

그의 무책임한 행동으로 인해 폐허가 되어버린 당신의 인생이
가엾고 불쌍해서 당신은 어쩌면 당신의 존재에 대한
심한 모멸감에 자책할지도 모릅니다

그러나 그러한 것은 한낱

그에게 동정을 사기위한 행동에 불과할 뿐입니다

이미 다른 사람의 그가 되어버렸을 그는

앞으로도 당신에게 가까이 다가서지 않을 겁니다

사랑은 그처럼 엄청난 괴물이 될 수도 있습니다

당신은 그 역경을 올바른 소견으로 딛고 일어서야 합니다

그를 잊지 못하는 당신

당신은 바보 멍청이에 얼간이입니다

그를 속편하게 떨쳐버리지 못하는 당신은

진정 사랑의 죄인이거나 스토커입니다

그에게 잘못이 없다는 말이 아닙니다

그 사람은 욕을 먹어도 쌉니다

하지만 그를 보내주지 못할 때 당신은

그 보다 사악한 괴물이 되거나 미련한 존재가 되는 겁니다

그를 이제 보내주세요

어디든 훨훨 날아가서 누구의 그가 되거나 말거나

행복하길 바라는 것이 당신이 하여야 할 최선의 선택일 겁니다

그가 누구를 만나든 당신이 상관할 일이 아닙니다

이제 놓아주세요

아마 그도 당신을 생각하면 땅을 치고 후회할지도 모릅니다

누가 알겠어요

＊

당신의 사랑을 받기 위해 당신을 사랑했던 것은
절대 아닙니다
우연히 당신을 만나는 순간 당신을 향한 간절한 바람이
내 가슴을 흔들고 꿈틀거리게 만들었습니다
단지 그것뿐입니다
애초부터 당신의 사랑을 받으리라고는
꿈에도 생각지 못했습니다
당신에게 나의 마음을 전하는 것으로
나는 만족할 수 있었습니다
당신은 나에게 눈부신 존재였고
범접할 수 없는 순수함을 지니고 있었습니다
당신은 나에게 어울리지 않는 함께할 수 없는 영혼이었습니다
그렇게 접근할 수도 없는 위엄 충만한 존재였습니다

당신에 대한 그저 조건 없는 사랑이었습니다
그리고 그 조건 없는 사랑으로 인하여 한층 당신을 즐겁게
해주리라는 마음이었습니다

그러나 당신은 나의 그러한 마음을 흔들어 놓으며

나에겐 너무도 벅찬 사랑을 살짝 내보였던 겁니다

그러한 당신은 너무합니다

원하지도 않는 아픔을 주기 때문입니다

당신은 사랑으로 나를 실컷 농락한 후

유유히 사라져버렸습니다

사랑의 환상 속에 나를 가두고

꿈속에서 조차 가만 내버려두지 않던 당신

당신은 그처럼 가슴 아픈 상처만 남긴 채

훌쩍 떠나가 버렸습니다

힘겨워하는 나를 아랑곳 하지 않은 채 당신은 실연의 아픔을

거칠게 내게 남겼습니다

그렇게 떠나갈 사람이었다면 왜 내게

사랑의 눈짓을 전했습니까?

그것은 분명 거짓된 사랑입니다

당신은 너무도 차가운 사람입니다

나는 당신의 사랑을 받기 위해서 사랑을 했던 것은 아니지만

당신은 무엇 때문에 나를 농락했습니까?

그렇게 의미 없이 떠나갈 존재였다면 눈길이나 주지 말지!

그런 당신을 원망해도 되나요?

아니 실컷 원망해서라도 나는 당신을 잊어야겠습니다

아름답고
소중한 것은...

힘겹게 한 사람을 선택하고 자신의 일에 행복을 느끼며
살아가는 것에 만족과 자부심을 느낀다는 것이야 말로
마음 든든한 일이 아니고 무엇이겠습니까?
자신이 바라던 것에 대한 성취의 만족을
웃음으로 표현할 수 있는
그야말로 더 바랄 것이 없는 노력의 결실인 것입니다
지금 이 순간 자신을 만족시키기 위해 최선을 다하며
노력의 대가를 지향하는 사람들
자신이 살아 있다는
그것 하나만으로 진정한 행보를 시도할 수 있는
참다운 용기를 지니고 있는 사람들
그들에겐 결코 실패란 존재하지 않습니다
오늘 실패하면 내일이 있고 또한 내일 실패하면 모레를 위해
자신을 돌아볼 줄 알며 노력하는 그들에게는
항상 내일의 실패를 등지고 일어설 수 있는
그 다음 순간의 여유로움과
최선을 다하리라는 마음가짐이 있기 때문입니다

그러나 실패를 자신의 모든 것으로 생각하고 있는 사람에겐

행복이란 실현되기 어려운 무기력하고 허황된 꿈으로

길 잃은 그리움의 대상일 뿐입니다

한순간의 좌절과 비관된 생각으로 자신을 위태롭게 지탱하며

바보스럽고 유치한 언변과

상대에게 사기를 치기위한 위장된 허점으로

자신의 실패를 덮어두려는 사람이야 말로

진정한 행복을 추구할 수 없으며

살아 있는 것을 부끄럽게 생각하여야 할 장본인인 것입니다

자신을 반성할 줄 알고 실패를 교훈 삼아 스스로

딛고 일어설 수 있는

참다운 노력을 실천하려는 사람들에게

공통적으로 주어지는 것이 있다면

그것은 자기만족의 성취감과 행복일 것입니다

그리고 자신을 나약하고 위태로운 존재로 이끌며

비관적인 삶을

선택한 사람에게는 오직 두렵고 무기력한 나날들이

자신들의 가슴을 바보스럽게 멍들이며 짓밟고 말 것입니다

정작 두려워야 할 이유도

나약해야 할 이유도 없으면서

자신을 패배자로 얽매어 놓으려는 사람
당신이야 말로 바보가 아니고 무엇이겠습니까?
당신의 모든 것을 걸고,
자신에게 주어진 마지막이라고 생각하며
최선을 다하여 마지막으로 도전해 보지 않으시겠습니까?
아직도 당신의 주위에는
당신의 성공을 기대하고 응원하는 수많은 사람들이 있습니다
당신은 마음가짐을 새로이 하셔야 합니다
그럴 때 노력의 대가를 충분히 받을 것입니다
나는 언제나 당신의 진정한 노력을 기다리고 또 기다립니다

*

생명을 지니고 있는 것처럼 아름답고 맑은 것은 없습니다
일류 세공전문가에 의해 가공되어 완성품으로
시중에 판매되고 있는
아름다운 보석이라 할지라도 생명에는 근접할 수 없으며
그에 대한 아름다움에도 턱없이 미치지 못합니다
오직 휘황찬란함과 오색의 빛으로 유혹할 뿐
거짓된 아름다움으로 치장하게 할 뿐
진실된 아름다움은 없습니다

그것에는 정작 있어야 할 순수함이 존재하지 않으며
인위적인 것이기 때문입니다
그것을 아무리 많이 소유하고 있다 하더라도
욕심과 소유욕을 자극하는 그것에
생명은 비유할 수 없는 위대한 존재인 것입니다
살아 있다는 것
그것 하나만으로도 나는 즐겁고 행복합니다
우리에게 주어진 생명은
그 무엇에 비유한다 하더라도 뒤처지지 않는
위대함과 그 누구도 흉내 내지 못할 꾸밈없는
아름다움이 있기 때문입니다
그러한 것을 가꾸고 지키는 것은 우리에게 주어진 과제입니다
우리에게 존재하는 사랑이라는 것으로 우리는 그것을 더욱더
아름답게 이끌어 나갈 수 있어야 합니다
그것을 쉽게 포기하는 사람들도 있겠지만 그들은 결국
자신들의 판단을 후회할 겁니다
살아 있다는 것처럼 아름답고 행복한 것이
그리고 또 상상할 수도
형언할 수도 없는 것이 몇이나 되겠습니까?
살아 있음으로 해서 느낄 수 있는 사랑이라는 감정 또한
얼마나 위대한 것입니까?

주어진 삶의 행복을 마음껏 즐기고 만끽하세요
사랑도 시련도 행복도 불행도 기쁨도 아픔도
모두 삶을 누리는 방법입니다
절대 삶을 속이지는 마세요
흐르는 데로 최선을 다하는 겁니다
지금 힘들다고 피한다거나 자신을 감추는 것은
스스로를 외면하는 것입니다
곧 자신을 사랑하지 않는다는 말이기도 합니다

*

당신은 바보입니다
당신이 이 세상을 등짐으로 해서
우리가 당신을 그리워할 거라고
생각하고 있다면 그것은 아주 큰 잘못입니다
결코 당신 주위의 사람들은 당신을 그리워하지 않을 것이며
당신을 그리워하거나 보고 싶어 하지도 않을 겁니다
당신을 원망하고 또 한없이 증오할 겁니다
당신을 바보라고 꾸짖을 것이며
거짓만 가득한 엉터리라고 놀릴 겁니다
당신은 실패자입니다

당신에게 주어진 그 고귀한 생명을 남용한 대가입니다
당신은 벌써 용서 받지 못할 큰 죄를 우리에게 범했습니다
짧은 세월, 백 년도 살지 못할 그 아까운 세월을
다 살지도 못하고
자신을 반성하지도 않으면서 비약시키고 자책하는
당신이라는 사람은 용서할 수 없는 존재로 우리의 가슴을
그나마 멍들일 뿐입니다

당신은 노력하지 않으면서 왜 자신을 비약시키고
남을 탓하려고만 합니까?
왜 스스로를 불쌍하게 만듭니까?
자신의 삶이 앞으로도 무한하게 발전할 수 있다고 믿으면서도
왜 스스로 실천하지 않습니까?
노력조차 하지 않고
비관적인 사고방식을 가지고 있는 당신에게
행복이 찾아 올 거라고 생각합니까?
천만에요
행복은 노력하는 사람에게 주어지는 충분한 대가입니다
우리에게 기억되는 당신은 그저 나약하며 야속할 뿐입니다
또한 당신은 우리의 기억에 오래 남아 있을
유쾌한 상대일 수도 없습니다

당신은 이제부터라도 자신의 잘못된 생각을

바로잡아야 합니다

그리고 최선을 다하는 마음으로

삶에 빚을 지지 말아야 합니다

지금이라도 노력해 보세요

아직 늦지 않았습니다

노력해도 되지 않는다면 더 큰 노력과 실천이 필요합니다

그 노력의 결과 후에 자신을 돌이켜 본다면

아마도 지금의 자신과는 비교도 되지 않을 자신의 모습에

자부심을 느낄 겁니다

잠시 잠깐 당신의 잘못된 생각으로 인해 주위 사람들에게

아픔과 고통을 심어주는 것보다 행복한 모습으로

그들을 즐겁게 해주는 것이 더 옳지 않을까요?

최선을 다해 노력한다면 가능하지 않은 일도

가능한 일로 만들 수 있습니다

당신은 충분히 가능할 것이며 그에 상응하는

대가를 받게 될 겁니다

다시 한번 자신에 대한 용기와 자부심을 응원하고

또 응원합니다

나는 당신을 믿습니다

그는
당신의 소유물이...

서로 성격이 다른 사람들 끼리 만나 얼굴을 맞대고 살면서

오래도록 아무 대립 없이 살아갈 수 있다는 것은

좋은 일이기는 하지만 그것이 생각만큼 쉽고

가벼운 일은 아닙니다

살아가다보면 서로 다른 관점으로 인해

치고받고 싸우기도 하면서

아주 사소한 것으로도 얼굴을 붉힐 때가 있을 겁니다

아무리 친하고 다정다감한 베프라 할지라도

몇 번씩은 싸웠던 기억이 있을 겁니다

그럴 때면 분하기도 하면서

서러워 화를 냈을 때도 있었을 겁니다

그것은 상대가 생각하는 관점과

당신의 관점이 똑같을 수 없기 때문입니다

당신이 상대에게

그것도 당신과 가장 가까운 그에게

자신과 똑같기를 강요한다면

당신은 그 순간

돌이킬 수 없는 과오를 저지르는 것입니다
당신은 당신의 욕심을 채우기 위해 급급한 사람으로
낙인찍히게 될 겁니다
자신의 욕심을 고집하기 이전에
한 번쯤 상대를 생각해 주는
너그럽고 충만한 당신이 되어보세요
한결 부드럽고 향긋한 삶을 당신은 영위할 수 있을 겁니다
그렇지 않고 상대를 당신의 마음에 들지 않는다고 외면하거나
등한시 한다면
당신의 삶은 영락없이 수치스럽게 망가질 겁니다
더더군다나 상대를 영원히 보지 않을 사람쯤으로 생각한다면
그것은 큰 오류이며 당신은 가장 외면 받는 사람이
되어버리고 말 것입니다
앞으로도 많은 날이 당신 앞에 기다리고 있습니다
그 많은 날,
지금의 상대가 어떠한 자리에서 어떠한 모습으로 당신 앞에
불쑥 나타날 수도 있습니다
더더군다나 당신에게 영향력을 미칠 수도 있는 위치에서
거드름을 피운다거나 당신을 비웃는다고 생각해 보세요
아마도 당신은 당혹스러움에 몹시 견디기 힘들 겁니다
상대를 당신의 전유물쯤으로 생각한다면

당신은 근래에 그러한 일을 겪게 될지도 모릅니다
자신이기 이전에 남을 생각할 줄 아는 여유로움으로
조금의 양보와 배려를 베풀어 보세요
당신이 강요하는 것보다 상대가 먼저 접근하며
당신과 가까워지려 할 겁니다
한걸음 뒤로 물러선 당신의 양보로
삶을 윤택하게 만들어 보는 것은 어떨까요?

*

당신의 반려자가 되었다고
그를 한낱 가벼운 존재로 우습게 생각하고 계신다면
당신의 가정은 행복해질 수 있을까요?
당신은 그가 당신의 반려자이기 이전에
당신과 동등한 인격과 지위를 지니고 있다는 것을
항상 그에 대한 소중하다는 것을
하루도 빠짐없이 생각하셔야 하고
또 처음 약속처럼 가슴 속 깊이 묻어두고 계셔야 합니다
결혼식장의 결혼 서약으로 인해 당신의 인생은
이제 혼자만의
것으로 존재하지 않습니다

당신에게는 한 명뿐인 소중한 동반자가 곁에 있습니다
그러한 동반자를 우습게 생각한다는 것은
자신을 낮추거나 비하하는 것과 다름없습니다
그리고 상대를 신임하지 않고 있다는 말과도 같습니다

혼자만으로 가정을 꾸려 나갈 수 있을 거라는
생각을 하고 계신다면
당신은 상대를 무시하거나 상대의 가치를
오히려 낮추고 있는 것입니다
당신은 다시 한번 결혼에 대한 진실한 의미를
깨우쳐야 합니다
그렇지 않다면 당신의 가정은 잦은 싸움과 말다툼
그리고 이기심으로 인해 황폐하게 변할 수밖에 없습니다
그것은 지극히 당연한 일입니다
서로의 사랑을 확인하며 미래를 설계하고
힘든 일이 생겼을 때
서로의 의지와 믿음을 확인하며 극복해 나가는 것은
상대를 존중하고 존경하고 아끼는 마음에서
비롯되는 것입니다
상대를 가볍게 생각하며 불신임하는 과정에서
과연 무엇을 얻을 수 있겠습니까?

당신이 주축이라고 생각한다면

당신은 그저 위선자일 뿐입니다

당신은 스스로 자신과 가족에게 행할 수 없는

폭력을 행사해 온 겁니다

그로인해 당신은 무엇을 얻었습니까?

다시 묻겠습니다

당신이 생각하던 것이 고작 그런 하찮은 것들이었습니까?

차라리 혼자인 것이 나을 것입니다

결혼은 결코 장난이 아니지만

당신에게는 식은 죽 먹는 장난이 되었습니다

성숙한 삶을 실현하기 위해 둘이서 믿고 의지하는 사이

힘겨운 노력으로 말미암아 지친 나머지

상대를 조금도 배려하지 않은 것입니다

당신의 생각이 바뀌지 않는다면

자신의 부도덕함을 빨리 깨우치지 않는다면

당신은 모든 것을 잃을 것입니다

꽃과 같은 아내와 눈에 넣어도 아프지 않을 것 같은 딸과

언제나 듬직하고 사랑스러운 아들은

당신의 소유물이 아니기 때문입니다

잃고 난 후에 후회해 봤자 후회만 커질 뿐입니다

장담 하건데 당신에게는 지금의 상황이

행복하지만은 않은 것 같습니다

그저 자신이 행복하다고 우기고 있을 뿐입니다

그대를
그리워하는 것이...

약속 장소에 삼십 분 먼저 나와 그대를 기다립니다
오늘은 어떤 옷을 입고 있을까?
오늘은 어떤 헤어스타일로 나를 놀래킬까?
아니면 혹시 그대가 나보다 먼저 나와서
나를 기다리고 있지는 않나 하는
가슴 졸임으로 주위를 둘러보기도 합니다
그리고 그대를 기다리며 나의
즐거움을 느껴보기도 합니다
그대가 30분을 지각한다 해도
그대가 한 시간을 늦는다 해도
그대가 두 시간 후에 아무렇지 않게 나타난다고 해도
그대가 아예 약속장소에 얼굴을 비추지 않는다 해도
나는 실망하지 않을 겁니다

나는 즐거울 겁니다
그 시간을 지루하게 생각하지 않을 겁니다
그것은 누군가를

특히 그 누구보다 그대를 기다린다는
즐거움과 기쁨이 있기 때문입니다
그대를 기다리는 것만으로도 행복합니다
기다림의 시간이 많으면 많을수록
그리움의 시간이 크면 클수록
나는 행복합니다
그 시간으로 하여 당신에 대한 사랑을 여유롭고 차분하게
음미할 수 있기 때문입니다
너무도 빠르고 그리고 성급하게
사랑을 진행시켜 나갈 필요는 없다고 생각합니다

그러한 것들을 성급하게 이끌려고 할 때
나의 의도와는 전혀 다른 역효과를
불러일으킬지도 모르기 때문입니다
그런 역효과로 그동안 기다려온 사랑을
실망으로 이끄는 것보다
여유로움을 만끽하며 자연스럽게 사랑을 유도하는 것이
올바른 선택이라고 봅니다

당신과 만나는 그 순간을 상상하며
당신과 만나면 무엇을 할 것인가에 대해

그리고 무슨 일로 당신을 놀래 킬 수 있을까에 대해
생각하는 것 또한 흥분과 재미를 유도하기도 합니다
적어도 나의 당신에 대해서는 서두르지 않겠습니다
차분한 마음가짐으로 당신이 놀랠 일들을 생각하며
준비하고 있을 겁니다
그리고 나의 당신이 나타났을 때 당황하도록 만들겠습니다
나의 급하지 않은 사랑으로
당신 스스로 행복을 느끼도록 하겠습니다
기대해도 좋습니다
그대 절대 실망하지 않을 겁니다
내가 당신을 그리워하며 즐거워하는 한...
난 자신 있습니다.
우리 그때 만나요
나의 명확한 사랑!

＊

그대를 그리워하는 것은
그대가 가까이 있어도 변함이 없을 겁니다
그대를 그리워함으로
나의 변함없는 진실을 마음껏 전하고 싶기 때문입니다

우리 서로의 사랑은 그리움으로부터 시작되었고
애초부터 그리워하는 것으로부터 성숙되었기 때문입니다
나는 당신과의 사랑을 처음 느꼈었던 감정 그대로
아직까지도 조금의 변함없이 소중히 간직하고 있습니다
그 가슴 설렘의 나날들
지금도 그 설렘에 변하지 않을 당신에 대한 사랑을
그대의 마음 속 깊이 차곡차곡 쌓아주려 합니다
그리고 모든 시련으로부터 당신을 보호하는
방파제가 되려합니다
나는 행복합니다
당신에 대한 가슴 설렘을
아직도 변함없이 간직하고 있다는 것에 대해
나는 설렘의 그 순간을 잊지 않기 위해 최선을 다할 겁니다
그리고 변함없이 나의 영원한 사랑으로 벅찬 느낌을
당신이 느낄 수 있게끔 조금씩
아주 조금씩 당신을 즐겁게 만들 겁니다
미래의 당신에게 나의 사랑을 아낌없이 주렵니다
그 사랑은 누구도 흉내 낼 수 없으며
아주 흔한 것도 아니어야 합니다
사랑하는 당신에게 내 진실을 꾸밈없이 보여드리겠습니다

*

인간은 태어나는 순간부터

많은 기다림의 시간을 배우게 됩니다

그 많은 시간들 사이에서

배우고 익히며 깨닫는 것을 알게 됩니다

그리고 배우자를 만나게 되고

가정을 이루고 좀 더 성숙된 자아를 찾으려

노력해 나가려합니다

또한 마지막 운명의 날을 후회 없이 마치려 노력합니다

그것은 인간에게 주어진 과제인 것과 동시에

섭리인 것입니다

나는 지금 행복합니다

그러한 모든 것들을 거부하지 않기 때문입니다

나의 배우자가될 그를 그리워하며

행복함의 나날과 깨우침의 나날을 즐기고 있습니다

때로는 지루하기도 하지만

때로는 그대를 만나는 순간을 상상하며

설레는 가슴의 전율을 음미하고 있습니다

나는 보채지 않습니다

나는 조바심을 내지도 않습니다

운명적인 그대와의 만남을 위해 자신을 시험하고 있습니다

느긋함과 편안함으로

기다리고 있는 것이 최선의 방법이라는 것을

나는 알고 있기 때문입니다

당신과 만나는 순간 까무러칠지도 모르는

나의 연약한 심장을

지금부터 달래 놓아야 당신을 만나는 순간에

침착할 수 있으리라 생각됩니다만 당신은 어떤가요?

여유
있는 사랑은...

당신을 그리워하며 온 밤을 꼬박 새워도
나는 아직 당신의 마음을 알지 못합니다
당신 또한 나의 마음을 알 수가 없습니다
그것은 시간이 차차 해결해 줄 것이지만
그렇다고 그 시간만을 믿고 있을 수는 없습니다
우리는 언제나 그 시간을,
그 행복의 메아리를 늘 기다리고 있습니다
그리고 그 진실을 조금씩 확인하면서 비로소
서로의 사랑을 이해할 수 있으리라 생각합니다
그렇다고 너무 성급하게 다가서지는 말아야 합니다
성급하면 할수록 당신에게
그 상황이 불리해질 수도 있기 때문입니다
마음의 안정과
진실과 거짓을 분별할 수 있는 의지도 때로는 필요합니다
아무 일 없는 것처럼 행동하세요
그저 평범한 일상이려니 생각하세요
그리고 시간의 흐름 사이에 서로의 내면을 조용하고 참착하게

보여주세요

진정 서로가 원하는 의미에 조금은 가까워질 것 같은데요

*

어떻게 해야만 당신의 그 새침한 가슴을

활짝 열 수 있을까요?

내가 너무나 당신에 대한 사랑을

과대평가 하고 있는 건가요?

아니면 당신의 사랑이 벌써 활짝 열려 있는데

나만 모르는 건가요?

내가 너무 당신의 사랑을

조급하게 생각하고 있는 것은 아닐까요?

모르겠어요?

어떻게 할까요?

내가 잘못된 거라면 나 좀 말려 줘요!

*

당신의 웃는 얼굴은 너무나도 아름답고 샤이니합니다

나의 웃는 얼굴은 당신의 얼굴에 비해

너무나도 추하고 어둡게 보입니다

당신의 얼굴에서 찾을 수 있는 그 아름다움이

나는 너무도 부럽습니다

당신께서 그러한 여유를

나에게 조금만 나누어 줄 수 있다면

나는 내가 가지고 있는 모든 것을

빈약하지만 당신에게 보여주고 싶습니다

지금 이 순간도 당신의 그 여유로움과 평온함이

나는 흔들고 있습니다

나를 일깨워주고 있는 당신에게 경이로움을 표합니다

나는 당신에 비해 삶을 너무도 힘들게 살아가고 있는

모양인가 봅니다

그러기에 아무리 당신과 같은 모습을 지니려 해도

지닐 수가 없으니 말입니다

당신의 평온함과 여유로움에서 찾을 수 있는

신선함을 내게서도 지니고 싶습니다

그것은 내가 당신에 비해

그만큼 나약하고 빈약하다는 말입니다

당신의 도움이 필요합니다

당신과 같은 여유로움과 평온함을 자닐 수 있도록

나도 당신과 같은 그 사랑스러움을 간직할 수 있을까요?

나는 당신과 좀 더 가까워지고 싶습니다
그러기 위해선
나 또한 당신과 같은 아름다운 마음을
먼저 지녀야 할 것 같습니다

*

서로는 열렬히 사랑하고 있습니다
그러나 서로에겐 불붙지 않은 열정이 아직 남아 있습니다
그것은 서로가 모르는 사이에 점차 밝고 뜨겁게
그리고 높게 타오를 것입니다
그러나 명심하셔야 합니다
그 열정을 남김없이 단번에 태워버린다면 더 이상 태워버릴
열정이 남아 있지 않아 서로의 사랑을
포기해야 할지도 모릅니다
우리 서로 그 열정을 아끼고 확인하며
우리 조금만 서로 늦게 갑시다
사랑을 하룻밤 타다가 만 모닥불처럼 생각한다면
그것이 진정한 사랑일까요?
불태우려 해도 태울 것이 없는 재가 되어버린 사랑에
실증이 날겁니다

그런 당신이 다시 사랑을 할 수 있을까요?

그리고 열정이라는 것을 오해하셔서는 더더욱 안됩니다

열정을 육체적 관계에 입각해서 판단하신다면

당신은 정말로 잘못된 사랑을 유발시킬 수도 있습니다

성급한 판단은 서로를 오해로 이끌지도 모릅니다

그 잘못된 판단으로 인하여

자신과 상대를 무참하게 짓밟아

나중에는 서로 일어설 수 없는

상황에 이르게 될 수도 있습니다

사랑은 깨끗하고 맑은 것이며 때로는 영롱한 것입니다

그것을 욕되게 하는 것은 아주 쉬운 일입니다

그럴 때 당신은 자신을 용납하기는커녕

더는 기어오를 수 없는

낭떠러지 아래로 떨어지는 기분이 들겁니다

향락은 단순간의 쾌락일 뿐입니다

아무리 채우고 싶어도 채울 수 없는 도박과 같은 것입니다

도박은 결국 가난이나 폐인을 의미합니다

당신은 사랑에 가난해질 겁니다

더는 사랑을 할 수 없을지도 모르며

사랑의 소중함을 끝내 잃고 말 겁니다

그 다음은 뭘까요?

순간일 뿐 영원히 지속되지 않으며
겉으로도 점점 검게 물들어 갈 것이며
범죄의 온상을 아무렇지 않게 밟을 것입니다
악의 구렁텅이에서 사악한 사랑을 하게 될 겁니다
사랑은 우리에게 주어진 영원불변한 과제이기도 합니다
하지만 그것은 사악한 사랑도 마찬가지입니다
당신은 사랑을 어떻게 생각하고 계신가요?
당신의 사랑을 진실 되게 말할 수 있습니까?

*

카페에서 커피 한 잔의 그윽한 향기에 취해 기뻐하는
그대의 소박함에 사로잡혔습니다
우리 가끔은 풀벌레소리 들으며 하늘의 별을 헤이며 걷자던
그대의 소소함에 매료되었습니다
그처럼 당신은 내가 소홀하게 여기던 여러 것을 일깨워주며
메말라가던 나의 정서를 다시금 일깨워 주었습니다
그러한 그대에게 느끼는 감정은 늘 여유롭고 풍요롭습니다
다른 어떤 사람에게서 느끼는 감정보다 당신의 감정은
너무도 자유롭고 즐겁습니다
당신은 마치 있는 그대로 꾸밈없고 거침이 없습니다

그만큼 늘 새롭고 향기롭다는 말이기도 합니다

그러한 당신을 대할 때면 내가

너무도 속없이 작아 보이는 것만 같습니다

당신은 사소한 것 하나에도 소홀하지 않으며

그것들을 남이 보지 못하는 새로운 시각으로

소중하게 감싸려합니다

그러한 당신은 마치 풍요로운 흐름처럼 느껴집니다

당신이 느끼는 많은 것들을

당신은 절대 상대에게 강요하지 않습니다

강요하기 이전에 스스로 느낄 수 있도록 합니다

그런 당신이 나는 오히려 감사하고 고맙습니다

당신이 곁에 없었다면 나는 아마도

그러한 것들을 아예 거들떠보지도

않았을 겁니다

그만큼 고마운 당신입니다

그렇게 조금씩 다가와 나를 일깨워주는 당신이 고맙습니다

그렇게 여유로운 당신을

곁에서 오래도록 지켜보고 싶어집니다

설마 그것까지 마다하지는 않겠죠?

나의 그대여...

나는 당신의 그림자밟기를 하고 싶습니다

사랑은
외로움으로부터...

우리들의 놀이터에는 나와 그대가 만들어 놓은 사랑편지로
풍성할 뿐만 아니라 여러 이야기로도 재미납니다
그러나 나는 종종 외로움을 확인하고 싶어질 겁니다
당신의 사랑을 재차 확인하고 싶다는 뜻이기도 합니다
외로워야 상대의 소중함도 알고
또 그리움도 생기는 법일 테니까요
그처럼 당신이 가까이 있다 하여도
나는 때때로 외로워지겠습니다
나는 가끔 외로움으로 인해 당신을 절실히 느끼고 싶습니다
당신 또한 나를 사랑한다면 당신도 때때로 외로워야 합니다
그래야 나도 심심하지 않을 테니까요
그것은 당신의 가까이에 있으면서도
당신에 대한 마음을 소홀하지 않게
노력하겠다는 의미를 내포하기도 합니다
또한 영원한 사랑의 약속을 위해 노력하겠다는
말이기도 합니다
그 느낌을 되새김 하려는 겁니다

가끔씩 외로워하며

당신이 나에게 보여주는 사랑을 음미하고 깨달으며

좀 더 당신에 대한 사랑을 완숙시키기 위한 노력도

좋을 것 같습니다

그것은 서로의 사랑을 헛되이 하지 않기 위한

일종의 묘약을 만드는 것은 아닐까요?

그 묘약으로 하여 나는 영원토록

사랑으로 당신을 감동하게 하고

당신은 속는 척 인생의 뒤안길에 사랑의 여운을 남기겠지요

너무도 힘들고 헛되이 살아 온 나의 생이기에 이제는

그러한 것들을 배제하며 당신의 믿음과 마음으로

헛되고 힘들지 않게

꾸미려는 노력을 하려는 것입니다

당신도 이러한 나의 마음을 이해하리라 생각합니다

나는 당신을 만난 것을 숙명이라 여기며 더는

슬픔을 가지지 않으려 최선을 다할 것입니다

그것만이 나에게 주어진 길이라고 생각하는데

당신은 어떻게 생각합니까?

외로움은 때론 상대를 향한

마음의 의지를 설득력 있게 만들기도 합니다

하지만 당신에 대한 나의 사랑이 일방적인 것이라면

그리고 당신께서도 너무 힘들게 여긴다면

나는 당신에게 더 이상 강요할 수 없습니다

그럴 땐 내 스스로 당신 곁을 떠나겠습니다

그것은 내 최선의 노력입니다

나의 행복을 찾고자 당신의 희생을 강요할 수는 없습니다

당신에게 아픈 상처를 남긴다면

나는 비겁한 방관자에 지나지 않습니다

외롭다는 것은 너무도 많은 것을 감추고 있으며

자신을 힘들게 합니다

나는 당신에게 외로움 속에 진실하게 자리하는

사랑을 베풀려고 노력하고 있습니다만

당신이 원하지 않는다면 모두 수포로 돌아갈 것입니다

그것을 당신이 진실로 깨달을 수 있을 때

비로소 세상의 모든 사랑을

이해할 수 있을 것 같은데

당신은 어떻게 생각하는지 모르겠습니다

그때는 모든 마음의 감정을 스스로 정리하며

높낮이를 조정할 수도 있을 텐데요

그때는

"당신이 가까이 있어도 나는 외로울 수밖에 없다"

라는 참뜻을 이해하게 되리라 생각합니다

내가 당신을 사랑하는 것은

당신이 내게서 하나밖에 없는 소중한

존재이기 때문인 것을 당신은 알까요?

생을 어설프게 만들고 싶지 않기 때문이지만

나는 내 곁에서 같이 할 당신이 없으면 그 모든 것이

내게는 필요하지 않습니다

나는 당신으로 인하여 많은 것을 배우고 깨달았습니다

그리고 더욱 더 성숙하고 있습니다

예전의 나였다면 이러한 기쁨이 있으라곤

상상조차 하지 못했을 겁니다

당신이 원한다면 모험 없는 지금으로도 만족하겠습니다

*

서로에 대한 우리의 사랑은

철없는 철부지의 사랑 같지만 그 내면은

사랑의 필요조건을 모두 갖춘 진실한 의미가 있습니다

정작 장난기 가득한 사랑이었다면

우리의 불놀이는 타다 남았을 재조차 없었을 겁니다

하지만 우리의 사랑은 정신적 사랑으로

풍성한 열매로 무럭무럭 자라나고 있습니다
그 열매로 인해 우리는 점차 행복해지고 있다는 것을
느낄 수 있습니다
우리는 많은 날의 그리움으로 인해 성숙함의 단계를 거쳤고
결국 배우자를 찾은 것입니다
그러한 우리이기에 상대에 대해
아픔과 슬픔을 건네지 말아야 합니다
오직 사랑스러운 마음과 믿음으로 서로를 감싸며
앞으로도 힘겨워 할 많은 날을 위해
서로의 사랑을 확인하고 가꾸며
더욱더 아름답고 화려하게 스스로를 성숙시켜 나가야 합니다
사랑의 실패로 인한 아픔을 반복하고 싶지 않으니까

*

우리 웃고 있지만 우리의 웃음은 슬픔일지 모릅니다
언제 헤어지게 될지 모른다는 절망과 외로움이
항상 옆에 존재하고 있기 때문입니다
그래서 우리는 때로는 확고한 다짐과 마음을
상대에게 말하고 보여줄 필요가 있습니다
그러나 우리는 상대를 오해하고 있을 때가 간혹 있습니다

그것은 가장 현명하지 않고
재고의 여지도 없는 엉뚱한 짓입니다
그에 대한 처방이 필요하지만
처방은 수시로 바뀔 수 있습니다
하지만 잘못된 처방은 당신을 더 큰 불행으로 이끌거나
자신을 외면해야할 때가 있을지도 모릅니다

서로 중의 어느 하나가 원하지 않는다면
사랑은 이루어지지 않습니다
만약 이루어지더라도 실패할 뿐입니다
서로 고통스러워하기 보다는 좀 더 상대를
현명하게 일깨워 주어야 합니다
솔직한 표현은 서로를
더욱 편한 관계로 유지시킬 수 있는 계기가 될 겁니다
차라리 원수가 되는 것 보다는 나을 테니까요
그래야만 서로에 대해
더 이상의 괴로움을 간직하지는 않게 할 겁니다
그렇지 않고 스스로 방관만 한다면
당신은 훗날 자신에 대한 원망으로
또는 원하지 않는 사랑으로 인해
큰 시련에 처하게 될 겁니다

그리고 상대 또한 파경에 이른 괴로움에

당신을 두고두고 원망할 겁니다

그럴 땐 서로의 마음을 후벼 판 거짓된 관심에

스스로를 용서하지 못할 겁니다

지금도 늦지는 않았습니다

자신의 입장보다는

상대의 입장에서 자신을 가까이 내보이세요

그리고 일방적으로 상대를 힘들게 하지는 마세요

인연이 아니었다면 헤어지는 것이 더 나을지도 모릅니다

올바른 선택은 역시 올바른 이성입니다

명심하셔야 합니다

＊

사랑은 외로움으로부터 시작입니다

많은 생각

많은 고독

많은 미련과 성숙함의 깨달음

우리가 사랑을 원하는 것은 외로움으로 비롯되기 때문입니다

외로움 속에 숨어 있는 것을 발견하려면

우리는 좀 더 성숙해지려는 마음가짐으로

노력해야 합니다

그러한 노력으로 숨김없이 다가설 때 자신의 내면은

좀 더 세련되고 강하게 변해갈 겁니다

그러나 외로움 그 자체만으로 터무니없이

사랑이 실현되지는 않을 겁니다

다만 외로움 속에 숨겨져 있는

많은 것들의 깨달음으로 인해

사랑을 그리워하는 것뿐입니다

그 그리움이 극에 달했을 때 상대를 찾기 위해 주위를

두리번거리는 것입니다

그리고 그때 비로소 당신이 생각하던

이상형의 상대를 발견하게 되는 것입니다

당신은 놀랄 겁니다

상대가 그처럼 당신 곁에 가까이 있을 거라고는

상상도 할 수 없었을 겁니다

서로는 이미 서로의 주변에서

상대를 눈여겨보고 있었던 겁니다

다만 몰랐을 뿐이며 서로 호감만 지니고 있었기 때문에

다가갈 시간이 필요했던 겁니다

그를 확인했다면 망설이지 말아야 합니다

그 순간을 놓치고 만다면 당신은 기나 긴 기다림을

다시 겪어야 할 테니까

노력하지 않는다면 사랑은 결코 결실을 가져다주지 않습니다

진정 자신을 상대에게 내보일 수 있는 당신에게는

사랑의 결실을 가져다 줄 겁니다

외로움을 깨달았다면 이제 사랑을 성취할 일만 남은 겁니다

살아가는 것이
힘들게 여겨질 땐...

나의 일상을 차지하고 있는 모든 것들을 포기하고
싶을 때가 종종 있습니다
어디론가 멀리 떠나고 싶을 때도 있습니다
일상을 잠시 털어버리고
멍하니 찻집에 앉아 지나가는 사람들의 생각을 읽으며
이런저런 생각에 빠져 있다가도 바쁘게 살아가는 그들의
모습이 부러워지기도 합니다
그래도 혼자만의 시간에 빠져들고 싶은 것은
그동안 너무 바쁘게 살아왔기 때문입니다
그저 무의식 속으로 깊숙이 스며들며
의식적인 모든 것을 포기하고 싶지만
왠지 그런 내 자신이 겁이 나기도 합니다
어쩌면 내 존재는 이미 나약한 한 부류의
초라하고 바보 같은 모습에 지나지 않을 겁니다
어쩌면 나는 그것을 두려워하고 있는지도 모르겠습니다
이러다가 내 자신을 찾지 못하고 바쁜 업무에 지쳐
길 위에 쓰러져 죽을지도 모른다는 아찔한 생각이 듭니다

아마도 그러할 겁니다

그러나 그것은 주위의 모든 사람들에 의해 일방적으로

정해진 틀입니다

그것도 아니라면 훗날 다가올 죽음의 수순에 대한

막연한 절망과 공포 때문인지도 모르겠습니다

죽는다는 그 자체만으로 사람들은 두려워하며

더 많은 시간이 주워 지길 간절히 기도하곤 합니다

죽음은 혼자만의 것이 아닌데 말입니다

죽음은 주위의 많은 사람들에게 슬픔을 간직하게 합니다.

그래서 나도 언제나 그 일부분에 속해 있는 것인데

그걸 가끔 잊을 때도 있습니다

그 원동력이라 말할 수 있는 사랑의 힘으로

좀 더 새로워지려 노력하는 것이며 강해지려 노력하는 것인데

생각해 보면 그 많은 것들 때문에

나 자신을 포기할 수 없을 것 같습니다

내가 내 자신을 포기할 때

사랑하는 주위 사람들에게 주어지는 고통과 아픔과 슬픔 등

얼마나 많은 것을 감수해야 하는지 알고 있습니다

그리고 나는 주위 사람들로 인해 그러한 것들을 격기도 했고

원망하기도 했고

그들이 없다는 허탈감과 슬픔 때문에

허전함 속에서 공허함을 느끼기도 했습니다
그러한 것을 느꼈던 나로서는
절대로 나약해지고 싶지 않습니다
차라리 모든 것을 포기하고 싶을 때는
나 자신을 돌아보며 한 번쯤 여유롭게 생각할 겁니다
오늘처럼 말입니다

*

버스 안은 너무도 허전하고 한산합니다
아는 사람도 그렇다고 낯익은 사람도 없습니다
한 번쯤 본 것도 같은데 기억에는 남아 있지 않습니다
거리를 지나는 사람들의 모습이
간혹 무심하게 시선에 들어올 뿐입니다
나는 부스스한 모습으로 버스 안 한곳에
자리하고 앉아 차 창문을
살짝 열고 새벽의 신선함을 그윽하게 받아들입니다
마치 커피 한잔의 그윽하고 달콤한 향기처럼
나는 잠시나마 그곳에 존재하며 힘겹게 삶을 살아가는
이들의 표정을 살핍니다
솔직히 나도 너무 피곤한 나머지 집으로 되돌아가

하루 종일 아늑하고 편안한 보금자리에서

뒹굴며 휴식을 취하고 싶을 뿐입니다

하지만 생활 속에서 그렇게 무책임하고 나태한 생각은

있을 수 없는 일입니다

적어도 내가 생각하고 추구하고자 하는 것이 있는 한

그것을 위해

최선을 다해야 한다고 생각합니다

둔탁한 버스의 엔진 소리가 멈추고

그 사이 승객들이 버스에 오릅니다

그들의 눈빛과 얼굴을 접할 때마다 깜짝 놀라곤 합니다

비록 몸은 힘들고 피로하게 여겨질지라도 그들의 눈빛에서는

반짝거리는 삶의 의지가 돋보이기 때문입니다

그들도 그들 나름의 삶을 살아가며 행복을 추구하고

또 목표가 있으며

노력하는 모습을 엿볼 수 있어서 행복합니다

나도 저들 중의 한 사람이기 때문입니다

그들의 의지는 너무도 강인하며 거짓 없이 성실합니다

새벽에 일찍 일어나 출근을 하고

일을 처리하고 퇴근을 하면

잠시의 여유를 즐기기 위해 여가를 선용하고

다시 내일이 오면

그러한 일들을 반복하는 그들에게서 행복은

너무나 필수적인 것입니다

어디에서 그런 에너지가 나오는지 신기할 때도 있지만 아마도

그것은 사랑하는 사람을 향한 마음이 아닐까 생각합니다

그러한 일들을 반복하는 그들에게서

행복은 의지입니다

나는 그러한 그들 속에 존재하며 호흡을 맞추면서

어림없는 일확천금의 꿈은 접고

평범한 그들과 함께 영위하는 삶이 좋습니다

아무리 힘든 일이 닥치더라도 그들이 그러하듯

나 또한 자신을 위해 싸워가며

노력하는 것이 정말로 좋습니다

그리고 그것을 이겨낼 때 주어지는 행복과 성취감을

자랑스럽게 여기며

나에 대한 용기를 스스로 다듬는 것이 좋습니다

적어도 그들보다는 게으르지 말아야 합니다

그들에게 뒤쳐질 때 낙오자의 오명은

평범함이 될 수 없습니다

그리고 자신에 대해서도

아주 큰 실망을 느끼게 될 것이 뻔합니다

적어도 그런 실망을 나에게 던져주고 싶지는 않습니다

버스는 정류장에 나만을 남겨두고 횡하니 자취를 감추고
어느새 새벽은 밤으로 향해 빠른 발걸음을 재촉합니다
그리고 나는 다시 버스에 올라
피곤한 몸을 이끌고 집으로 향하며
나에 대한 대견함을 되풀이 합니다
그것은 내가 존재하고 있다는 것에 대한
강한 긍정인 것입니다
나는 그 강한 긍정으로 앞으로
나에게 닥쳐올 나약함을 배제할 것입니다

*

한때는 이렇게 힘들지 않을 때도 있었습니다
이렇게 복잡한 일에 머리 아파해 가며
절망 속을 걷고 있을 거라고는
생각지도 못했던 일이었습니다
반면 즐겁고 낭만적이며 자유롭고 분방했던 적이 있었습니다
그때는 너무도 평화롭고 온화하며
나의 존재조차도 생각지 않았으며
상대에 대한 의지와 책임도 그때는 부여받지 않았습니다
살아가는 것에 대한 가치도 그때는 필요하지 않았습니다

부모님의 품안에서 너무도 자유롭게 존재하고 모든 것을
의지하고 있을 뿐이었습니다
그때는 그저 튼튼하고 건강하게 자라는 것이
나에게 주어진 몫의 전부였습니다
친구들과 치고받고 싸우기도 하면서
놀이에 너무도 열중한 나머지
시간이 흐르는 것조차 중요하지 않았습니다
그때는 철이 있고 없음에 대해서도 중요하지 않았습니다
하지만 지금은 너무도 많은 것이 우리에게 주어졌습니다
그것을 우리는 자신의 삶을 영위해 나가는
성숙의 단계로 삼으며 의미를 지니고 있습니다
우리의 어린 시절은 성숙을 이끌기 위한 준비의 시기였습니다
그 준비를 얼마만큼 완벽하게 이끌 수 있었느냐에 따라
우리가 살아가며 좋은 위치에 오를 수 있는가 없는가에
결부되고 있는 것입니다
하지만 굳이 그것을 따질 필요가 있을까요?
어린 시절 그것은 어느 누구도 다를 바가 없었을 겁니다
학교에 들어갈 나이가 되면서부터
우리의 삶이 본격적으로 시작되었다고
해도 과언이 아닐 겁니다
어느 만큼 많은 것을 깨우치고 이해했느냐에 따라

우리는 성숙의 단계와 깊이를 새삼 느낄 수 있었을 겁니다

초등학교, 중학교에 들어갈 당시만 하더라도

우리는 철부지에 불과했지만

고등학교에 들어가면서부터 자신에 대해 생각하고

갈 길을 정하고

그것에 최선을 다하겠다고 생각했습니다

하지만 어릴 때 막연하게 생각했던 것과는

너무도 다른 현실을

우리는 늘 느꼈을 겁니다

그것은 막연한 것도, 환상적인 것도 아닌 오로지 현실

그 자체로 받아들여야 했습니다

그리고 현실을 실현하기 위해서 우리는 대학에 들어가거나

사회의 초년생으로 새로운 길을 걷게 되었던 겁니다

자신의 상황을 감수하고

또 자신의 삶을 만족스럽게 영위하기 위해

많은 노력을 하며

착실히 자기 존재를 부각시키며

그만큼 힘들어 했던 것입니다

혼자서 감당하기에 너무 큰일들이었기에

배우자를 찾게 되고 자신이 원하는 삶을

동반해 줄 수 없는 상대라는 것을

알았을 때 슬퍼하고 좌절하며 실의에 빠지기도 했습니다

이별의 아픔을 다시는 느끼지 않기 위해 사랑을

또는 상대를 꺼려하는 날도 때로는 존재했었을 겁니다

그러면서 자신을 좀 더 성숙시키고 단련시켜 왔던 겁니다

자신이 생각하고 있었던 것에 대한 잘못을 판단하고

섣불리 자신을 내세우지 않으며

힘들게 삶을 살아가다가 진실로

동반자를 만났을 때 그때는 너무도 행복하여

어쩔 줄 몰라 했을 겁니다

그리고 혼자가 아니라는 것에 위안을 삼으며

점차 자신의 모습을

완성시키려 노력했을 겁니다

앞으로 일어날 일들에 대해 나약한 모습을 보이지 않기 위해

서로 의지하며 더 큰 마음의 성숙을 이루려 했을 겁니다

혼자가 아닌 둘의 모습으로 존재하며

서로에 대한 의지로서 위안을 삼아가며

훗날 자신들에 대해 부끄러움을 남기지 않도록 최선을 다하며

삶을 쉽게 이끌 수 있도록 절실히 원하고 있었을 겁니다

그것이 너무 힘겹고 힘들었습니다

'그 모든 일들이 후회됩니까?

아니면 어린 날의 그때로 되돌아가고 싶은가요?'

아니요!

나는 그 어디에도 갈수가 없습니다

이제 다시 시작입니다

포기하는 것이 내가 생각했던 것은 아니기 때문입니다

언젠가 힘든 일이 닥쳤을 때,

"한때는 이렇게 힘들지 않았을 때도 있었습니다!

그러한 것은 모두 삶을 살아가기 위한

준비와 반복의 단계였습니다.

성숙의 반복이지요.

그래도 아직까지는 자신 있단 말입니다.

우리 한번 모든 걸 까놓고 겨뤄 볼까요?"

그때 나는 지금의 나를 그리워 할 겁니다

사소한
것으로 인해...

당신이 전화하겠다고 약속한 시간이 지나도록
당신의 전화가 오지 않으면 나는 너무 걱정스러운 나머지
이런저런 생각을 조심스럽게 추리합니다
혹시 좋지 않은 일이 생기지 않았을까?
혹은 늦은 시간 불량배들에게 봉변을
당하고 있지는 않을까?
하는 생각에 마음이 놓이지 않습니다
그러다가 전화벨이 울리면 순간적으로 전화기를 봅니다
그러나 텔레마케팅이거나 스팸전화입니다
퉁명스럽게 전화를 끊지만 당신에 대한 걱정은 여전합니다
다시 이런저런 생각에 안절부절못하며
마음을 졸이고 또 졸입니다
밤 열두 시가 지나도록 당신과 전화 통화가 되지 않을 땐
절로 화가 납니다

'무슨 생각으로 이러는 거지?'

여전히 당신의 전화는 꺼져 있습니다
당신과 연락이 닿을 그 무엇도 없습니다
그렇다고 무작정 당신의 집으로 달려갈 수도 없는 노릇입니다
뜬 눈으로 밤을 새우고 다음날 오후 2시가 되어서
당신에게서 전화가 옵니다
바로 전화를 받을까 하다가 괘씸해서 못들은 척 합니다
그렇게 전화벨은 몇 번을 울리다가 그치고 맙니다
그러나 속마음은 편치 않습니다
문자라도 남기고 싶었지만 지난밤을 생각하면
얄미워서 그럴 수도 없었습니다
다시 몇 번의 전화가 오고 나서야 당신의 목소리를 듣습니다
당신의 목소리가 전화기 너머에서 산뜻하게 들려옵니다
한쪽 구석으로 안심하며 왜 전화를 받지도 않고
게다가 전화기까지 왜 꺼놨냐며 막무가내로 한소리 합니다
그리곤 대답도 듣지 않고 전화를 끊어버립니다
다음 순간 다시 전화벨이 울립니다
분명 당신의 전화임이 틀림없습니다
다시 마음을 가다듬고 전화를 받으면
당신의 목소리가 가느다랗게 들려오지만
나는 그대로 전화를 끊습니다
그러면 당신은 괴로워할 것이 틀림없습니다

그것은 밤늦도록 걱정하며 마음 졸여야 했던 나에게는
아무런 보상도 되지 않습니다
다음 순간 나는 당신과의 이별을 고려해 보기도 합니다
너무도 화가 나서 다시는 당신 얼굴을 보고 싶지 않은
마음입니다
당신은 아무 생각 없이 그렇게 생각했겠지만 나는 당신의 그
무책임함이 싫은 겁니다
낮이라면 모를까 늦은 밤 전화하겠다고 약속한 당신이
내가 애가 타게 속 태웠을 것을 뻔히 알면서도
그렇게 행동했다는 것에 대해
나는 실망보다도 믿음마저 잃고 말았습니다
다시 몇 시간이 지난 후에 당신에게서 전화가 오면
화가 어느 정도 풀린 나는
당신의 사정에 대해서 변명을 듣습니다
그렇지만 변명을 들으려고 그렇게 화를 냈던 것은
절대 아닙니다
당신의 전후 사정을 듣고 호응하여 나를 낮추지만
그 기억은 계속 남을 겁니다
너무도 사소한 것이기는 하지만 걱정하고 있을 나를
한 번쯤은
생각해 주어야 하지 않나요?

문자라든지 아니면 10초간의 간단한 통화로
해결될 일인 것을요
앞으로는 그러한 사소한 것으로
당신과 다툼을 하고 싶지는 않습니다
또한 그러한 것으로 이별을 생각하고 싶지도 않구요
그것은 당신과 내가 서로 노력하고 이해해야지만
가능한 일입니다

*

사소한 것을 가지고 당신과 싸우고 싶은 생각은 없지만
당신은 나에게 소극적이라고 밖에 볼 수 없습니다
당신은 아무렇지 않게 생각할 수 있지만
당신의 행동은 내게 너무도 거슬리게 여겨질 때가 많습니다
당신의 행동에서 나를 무시하는 경향을 보일 때가 있습니다
나는 그저 웃어넘기지만 당신은 한 술 더떠
내 자존심까지 들었다 놨다를 반복할 때도 있습니다
적당한 것은 좋지만 과한 것은 사절합니다
그것이 반복되다 보면
난 당신에게 불신을 느낄 테고 우리의 만남은
소리 없이 흐지부지 깨지고 말 겁니다

그것은 당연한 결과 아닐까요?

당신은 아직 모릅니다

당신은 아직까지 나를 이해하지 못합니다

당신은 나름 나에 대해 올바르지 않은

결론을 내리고 있습니다

당신이 모를 뿐입니다

물론 그만큼 당신이 나를 사랑한다고 느낀다는 증거라고

당신은 생각하겠지만 과연 그럴까요?

아직도 당신의 선택이 옳다고 생각하나요?

그렇다면 그것은 나에 대한 아주 큰 결례입니다

당신 이전에 먼저 나를 생각해 보세요

나도 나이기 이전에 당신을 생각해 보겠습니다

당신은 아무 생각 없이 취하는 행동이지만

당신이 생각하는 것처럼

그리 단순한 일이 아닙니다

더더군다나 우리 둘이 아닌 여러 사람들 앞에서

그러한 행동을 내게 보였다는 것은 잘못된 일입니다

당신 이전에 나에게도 사람들의 시선이 좋지 않게

작용할 겁니다

그것은 당신의 사랑을 남들 앞에서 낮추는 것이며

게다가 한 술 더 떠서 짓궂은 장난은

나를 더 형편없는 상대로 낮추는 꼴밖에 되지 않습니다

사랑하는 사이일수록 조심스러워야 하며 갖출 것은

더 철저하게 갖춰야 합니다

남이 함부로 볼 수 없는 나만의 사랑일수록

그래야 하는 겁니다

내 앞에서 나의 친구와 장난을 치더라도

지킬 것은 지켜야 합니다

당신은 그러한 생각을 가지고 있지 않지만

적어도 나는 그런 생각을 가지고 있습니다

그런 당신을 내 친구가 어떻게 생각하고 판단할지

당신은 모릅니다

나 역시 모르지만 그들에게서 안 좋은 소리가 들린다면

난 결코 편하지 않을 겁니다

당신은 나의 연인입니다

하지만 당신은 나의 마음을 자세히 알지 못합니다

나의 친구들이 나를 어떻게 생각하고 있는지도

당신은 알지 못합니다

그러한 당신이 나의 친구를 멋대로 생각하며

친숙해지려는 것 또한

그들에게 당신을 낮추는 어리석은 짓일 수밖에 없습니다

그리고 상대가 당신을 어떻게 생각하는 지도 모르는 상황에서

그렇게 심한 장난을 서슴없이 한다면

그것은 당신에게 문제가 있는 겁니다

내가 사랑하는 사람이 그 정도의 인간성을 지닌 사람이었다면

나는 심한 자책에서 헤어 나올 수 없을 겁니다

당신은 너무 했다고 생각하지 않을 겁니다

그러며 뭘 그런 걸 가지고

화를 내냐며 내 속을 풀어주려 할 겁니다

아니요

나는 그런 당신을 받아 줄 용의가 없습니다

지킬 것은 지켜야 그것이 사람의 도리인 겁니다

그때 나는 당신에게 버럭 화를 내며 큰소리를 쳤습니다

그러나 당신은 자신의 잘못을 인정하지 않은

채 밖으로 나가버리고 말았습니다

너무도 상식 밖의 일이기에 나는 어딘가에

머리를 된통 얻어맞은 것 같은 통증을 느꼈습니다

나는 그러한 당신을 부정합니다

아직 어리다고는 하지만 당신은 이미

성숙할 대로 성숙한 성인입니다

그러한 당신이 아무 생각 없이

그러한 장난을 쳤다는 것은 충격이었습니다

만약 당신과 내가 결혼해서 아이를 낳았다고 칩시다
당신 앞에서 친구가 아이에게 엉뚱한 장난을 치거나
예의를 갖추지 못한 말로
당신을 놀린다면 당신은 어떨까요?
그것은 당신 이전에 내게서 먼저 용납되지 않을 일입니다
이러한 말 한마디 쯤은 당신에게 할 수 있는 나이기에
당신에게 충고를 던지는 겁니다

당신은 자신의 모습과 예의를 지켜야 합니다
혹, 당신이 나와 결혼하지 않는다 하도라도
이것은 필수적인 예의입니다
이러한 것으로 다시는 당신과 싸우지는 않겠습니다
하지만 당신이 또 다른 어떠한 것으로 나를 실망시킨다면
나는 당신을 부정해야 합니다
알면서도 지키지 못한다면
스스로를 포기한 것이나 마찬가지입니다
나는 그런 당신을 사랑하지 않겠습니다
그러한 것을 지키지 않을 당신 스스로가
상대에게 자신을 한 단계 낮추는 일밖에 되지 않습니다
상대에게 자신을 우습게 보이는 꼴밖에 되지 않는다는
말입니다

생각해 보세요
그런 당신은 정말로 자신을 사랑할 수 있나요?

나는
사랑을 고백한 일이...

당신은 실로 나의 전부였습니다
당신에게 고백을 하지는 않았지만 당신의 주위에서 당신의
모습을 지켜보는 것만으로 나는 즐거웠습니다
그러한 당신을 시간이 지난 지금에 와서 생각한다는 것은
너무 어색하게 여겨지지만
당신은 내 기억 속에 지워지지 않을
아름다운 추억으로 존재합니다
내 기억으로는 당신 또한 그리 나쁘게
나를 생각했던 것 같지는 않습니다
내가 당신을 그리워하는 것만큼 당신 또한 나를
예사롭지 않게 생각하고
있었다는 것을 나는 잘 알고 있었습니다
당신의 시선은 늘 내 주위를 향하고 있었습니다
내가 당신 주위를 주시하는 것처럼
당신 또한 나에 대한 호감을 지니고 있었습니다
일상에서 느낄 수 있는 행동이며 다정한 모습들을
우리는 서로 관심 있게

지켜보며 서로의 눈빛을 즐기고 있었습니다

그것은 우리가 서로에게

다가갈 용기가 부족했던 것으로 생각합니다

그 당시 우리에게는 서로를 받아들일 만한

여유가 없었던 것으로 기억됩니다

우리에게 주워진 많은 기대와 해결해 나가야 할 과제들 때문에

우리에겐 항상 시간이 부족했습니다

당신을 마지막으로 만나던 날 나는 당신의 눈에서

나에 대한 감정을 읽을 수 있었습니다

우리는 서로를 특별하게 생각하고 있었던 것입니다

어딘가 모르게 우리는 서로의 모습을

흉내 내기라도 하듯이 닮아가고 있었습니다

그리고 당신이 내 주위에 보이지 않을 때면

나도 모르게 당신에 대한

걱정을 하고 있었습니다

물론 당신도 그러했으리라 생각합니다

항상 당신은 나에게 눈부신 존재였습니다

당신의 눈빛에서 느낄 수 있었듯이

당신의 마음은 너무도 깨끗하고 수수했습니다

하지만 당신은 그때 그 시절 잊지 못할 추억으로

기억 속에서만 존재할 뿐입니다

만약 지금 당신을 만난다면

나는 실망을 하게 될지도 모릅니다

그것은 많은 세월이

많은 시간의 흔적들이 당신의 모습을 바꾸어

놓았을 것이 틀림없기 때문입니다

지금 당신의 모습을 보면서 실망하는 것보다

그대로의 변치 않는 내 기억속의 당신을

나는 그대로 간직하고 싶은 것입니다

내 마음 당신도 이해할 겁니다

어쩌면 당신 또한 그러한 생각을 하고 있을지 모릅니다

한때는 서로를 아끼고 감싸던 서로였기에

우리는 서로의 행복을 빌어야 합니다

같은 하늘 아래 우리가 있고

어디엔가 살아가고 있다는 것으로

만족하고 싶은데 당신은 어떤가요?

우리 꼭 만나야 할까요?

선택은 이제 당신이 할 차례입니다

*

비 오는 캠퍼스의 낭만 속에 우리는 마지막으로

서로의 모습을 지워야 했습니다

당신은 우산을 쓰고 가볍고 상냥한 웃음을 간직한 채

나의 앞에 가냘프게 서 있었습니다

그 웃음이 그 얼마나 밝고 환해 보이던지

지금도 비가 올 때면 가끔

당신이 생각나기도 하면서 그때가 새록새록 떠오릅니다

당신은 어떠한 곳에서든 나의 곁에 위치해 있었습니다

때로는 소리 없이

때로는 가장 큰 목소리로

때로는 있는 듯 없는 듯

같이 있으려고,

찾으려고 하지 않아도 당신은 언제나 나의 옆에

항상 있었습니다

그러나 나는 그러한 당신을 느끼지 못했습니다

당신은 내가 느끼지 못하게 나의 뒤에 자그마한 모습으로

숨어 있었던 것입니다

당신은 항상 나를 원하면서도 원하지 않는 척

나에 대해 전혀 내색하지 않았습니다

그러한 당신은 내게 무조건적 사랑으로

내 곁으로 다가서며 아무런 조건도

의미도 제시하지 않았습니다

나를 당황하게 만든다거나

나를 난처하게 만들지도 않았던 당신은

지금도 부담 없이 존재하며 나의 기억 속에

가끔 꿈틀거립니다

당신은 그처럼 항상 하얀 미소 같은 분위기로 다가왔습니다

어느 날은 괴로움에 휩싸여 술집에 앉아

취하도록 술을 마신 적이 있었습니다

그때도 당신은 나 모르게 나의 뒤에서

내 모습을 유심히 지켜보고 있었습니다

그리고 나와 시선이 마주치자 당신은

나의 시선을 외면하지 않은 채

가만히 너그러운 표정을 짓기도 했습니다

당신은 내가 느끼지도 못하는 사이에도

어디에선가 나의 모습을 그처럼

지켜보곤 했습니다

나는 그러한 당신을 이해할 수 없었습니다

당신에게 미안한 말이지만 나는 그런 당신을 이해하려고

노력하지도 않았습니다

어느새 당신은 나의 그림자가 되어 나와 함께했고

나와 동일한 개체가

되려 많은 노력과 정성을 기울이고 있었습니다

내가 지하철을 타고 돌아올 때도

당신이 나의 모습을 멀찍이에서

지켜보고 있었다는 것을 알고 있었지만

나는 굳이 아는 척은 하지 않았습니다

그것이 마지막이라는 것을 당신은 알지 못했을 겁니다

내일이면 다시 나를 만날 수 있을 거라

생각하고 있었을 테지만

아쉽지만 나는 아무 말도 하지 않은 채 돌아섰습니다

나는 그 후로 휴학했고 몇 개월 후에 내가 캠퍼스를 찾았을 땐

이미 당신은 그곳에 존재하지 않았습니다

당신은 나를 원망했을 겁니다

그러나 당시 나는 사랑에 연연할

사랑을 고백할 여유가 없었습니다

지금에 와서 생각하면 참으로 그립고 고마운 시간이었습니다

시간여행이 자유롭다면 그때의 당신을 만나러

갈 수 있을 텐데 말입니다

아쉽습니다!

＊

당신을 처음 만난 날 당신은 나에 대한 호감으로

적극적으로 내게 다가왔습니다

하지만 나는 그것이 너무 부담스럽고 거북했습니다

당신의 그 적극적임이 되려 나를 멀리하도록 만들었습니다
당신은 그러한 것도 모른 채 나에게 너무도 과분하게
대해 주었습니다
오히려 피해 다닐 만큼...
내가 당신에게

"당신은 나와 같은 사람과는 어울리지 않는 화려한 사람이
에요."

말했을 때 왠지 모르게 당신의 눈가가 촉촉하게
젖어 있었습니다
하지만 나는 그러한 당신을 멀리한 채 혼자이길 원했습니다
그렇지만 당신은 나를 향해 더 적극적으로 다가와 주었습니다
그러한 당신을 나는 멀리 외면할 수 없었습니다
나는 그때 알고 있었습니다
내가 당신 곁에 위치하지 않는 것이
올바른 선택이라는 것을...
당신은 나의 사랑에 점점 허기져 가고 있었습니다
그만큼 당신은 자신의 사랑을 보여주기 위해 안달이었습니다
그러한 당신은 시간이 지나도 변함이 없었습니다
당신은 나의 곁에서 벗어나길 꺼려하며

자신의 진실만을 알아주길

기다리고 있었습니다

당신의 사랑이 담긴 손편지와 문자는 계속해서 이어졌고

나는 당신의 마음을 읽을 때마다

나의 마음이 흔들리고 있음을 느꼈습니다

하지만 절대 당신의 사랑에 응할 수가 없을 것 같았습니다

왠지 그래야 할 것 같았습니다

그것은 내가 오래도록 당신의 곁에 위치해 있으며

사랑해 줄 수 없다는 것을

그리고 당신이 겪었던 가족의 죽음으로

아직도 힘겨워하고 있다는 것은

나에게는 너무 벅찬 일이었습니다

당신이 나를 좋아하고 있는 것은

내가 당신 오빠와 같은 성격과 외모를

지니고 있다는 것 때문이란 걸 나는 알고 있었습니다

그런 내가 어떻게 당신에게 다가설 수 있겠습니까?

내가 당신의 곁에 있으면 있을수록

서로가 힘들어지는 것은 뻔한 일입니다

내가 당신을 위해 해 줄 수 있는 일은 당신의 곁을 멀리하는

것뿐이었습니다

그래서 나는 힘든 결심을 했고 그러한 나에게 당신은

집착하기 시작했습니다

그리고 내가 자리를 옮기면서부터 당신과의 연락은

두절되었습니다

왜 그랬는지...

당신을 좀 더 감싸줄 수도 있었을 텐데 말입니다

내가 마지막으로 당신에게 전화를 했을 때

당신의 울음소리가 안쓰러워

첫눈 내리는 날 만나자고 했지만 그 후 첫눈이 몇 번

내리는 사이 나는 당신을 만나지 못했습니다

당신은 그 말이 마지막 말인 줄 알면서도

나를 편안하게 해주기 위해

애써 침착하게 "다음에 만나요!" 라는 말을

끝으로 전화를 끊었습니다

나에게는 너무 힘든 선택이었기에 당신은 나를 끝까지

이해해 주었던 것입니다

당신이 그러하지 않았다면 우리는 서로에게

너무도 많은 아픔을 주었을 겁니다

당신의 마음은 너무나도 너그럽습니다

당신이 자주 쓰던 말

'이쁨'

그 말이 아직도 생생하게 들려옵니다

당신은 누구를 만나던 아주 큰 '이쁨'을 받을 것입니다

행복하세요

길가다 만나더라도 우리 모른 척은 하지 말기로 해요

*

당신은 나를 처음 만나는 순간부터 결혼상대로 생각하고
있었습니다

당신은 결혼을 위주로 한 상대와의 만남을 원했던 겁니다

하지만 나에게는 그것이 너무도 부담스럽게 여겨졌고 결국
당신과의 거리가 생기게 되었습니다

나의 상황에서는 결혼이라는 말이 너무 먼 다른 사람들의
일이었기 때문이었습니다

당시에는 내가 바라는 것이 있었고 또 그것을
완성하기 위해서는

많은 시간을 필요로 했기 때문입니다

처음 당신을 만나는 장소에서 이러한 말을 했습니다

"지금은 이렇게 분위기 있는 장소에서 분위기 있는 음악과
와인을 마시며 즐거워하고 있지만 우리 헤어질 땐
더 분위기 있는 장소에서 헤어짐을 원해요"

더 분위기 있는 곳이 어디냐고 당신이 되물을 때
나는 다시 이렇게 말했습니다

"하늘 저편 붉은빛과 잿빛이 섞인 석양이 있고
거리는 한적하며 두 갈래의 길이 있고
당신과 나는 서로의 행복을 빌며
각자의 길로 뒤돌아 가는 거예요"

그 말에 당신은 피식하고 웃었습니다
그러자 당신은

"그런 이야기 그만하고 다른 이야기해요"

하지만 그때부터 나는 예감을 하고 있었습니다
당신과 내가 오래도록 같이 하게 될 수 있을지
의문이 들었습니다
그 후 나는 자주 가는 카페에 당신과 함께 앉아 이러저러한
이야기를 많이 나누었습니다
그럴 때마다 커피가 식어가는 줄도 모르고 시간을
보내곤 했습니다
당신의 집까지 배웅해 줄때면

그런 내 모습이 낯설어 지곤 했습니다

그러다가 내가 여행을 떠나게 되면 당신은 아쉬워하며 내게

사랑을 되심어 주곤 했습니다

그리고 긴 여행에서 돌아오게 되면 당신은

뭐가 그리 반가운지

울먹이곤 했습니다

그렇지만 내가 아무런 반응을 보이지 않자

조바심을 내기 시작했고

심지어 소개팅을 다니기까지 했습니다

나이도 나이려니와 당신은 완고하신 부모님의 의견을

따를 수밖에 없었던 것입니다

그러한 우리의 사이에는 점차 틈이 생겨갔고 당신은 너무도

힘겨워했습니다

우리의 사랑이 식어 가면 갈수록

당신은 나에 대한 불신으로 가득찼습니다

당신의 곁에 존재할 수 없음을 알았을 때 이별의 자리로

당신을 불러 세웠습니다

하지만 당신은 내가 처음에 만났을 때 했던 말을

까맣게 잊고 있었습니다

아무리 당신에게 말해도 당신은 받아들이려 하지 않았습니다

그런 당신에게 직접적으로 말할 수밖에 없었습니다

당신의 눈에선 눈물이 글썽거렸고

나는 당신 먼저 그 자리를 벗어나기를

배려하고 있었지만 당신은 나에게 먼저 선택권을 주며 한사코

그 자리를 벗어나지 않았습니다

내가 먼저 당신에게 안녕을 말하고 자리를 벗어나려 할 때

당신은 그 자리에 주저앉아 울기 시작했습니다

하지만 나는 뒤돌아보지 않았습니다

만약 그때 뒤돌아보았다면 내 인생은

나도 모르는 사이에 변해버렸을 테니까요

그날 밤 그리고 며칠 밤을 술에 의지하기도 했지만

그러한 모습을 보이면

서로 힘들어진다는 것을 알았기에

나는 강해지길 원했습니다

그것이 우리의 이루어질 수 없었던 마지막 이야기입니다

지금에 와서 이렇게 편안하게 떠올릴 수 있는 건

바른 선택으로 서로를 힘들지 않게 했기 때문이라고

나는 생각합니다

후회는 있을 수 없습니다

그렇다고 당신을 나의 인생에서 부정하는 것 또한 아닙니다

우린 그저 서로에게 어울리지 않는

어려운 상대였을 뿐입니다

당신은 지금쯤 더 나은 상대와 인생의 화려함과 행복함을
맛보고 있을 겁니다
그리고 진실로 영원히 행복하기를 바랍니다
그럼, 안녕

사랑은
서로에 대한...

사랑은 오직 진실함으로 성립됩니다
거짓으로 사랑이 성립된다는 것은 정신적 사랑이 아닌
육체적 쾌락과 갈망일 수밖에 없습니다
거짓된 사랑은 무의미하거나 스쳐 지나가는 인연에도
미치지 못합니다
아픈 이별의 상처를 원하시나요?
아니요
그런 사람은 없을 겁니다
그렇다고 철부지 거짓된 사랑으로 자신을 망쳐서는 더더욱
안 될 일입니다
진실 없는 거짓된 사랑으로 타락하는 것보다
진실한 사랑으로 삶을
행복으로 이끄는 것이 나을 겁니다
길다고 볼 수 없는 우리의 삶을 헛되고 아프게 보낸다면
삶의 마지막 날에는 너무도 허무하고
스스로도 자책을 하게 될 겁니다
생각해 보세요

자신의 삶이 그렇게 의미 없이 허무했다면 자신의 삶이
모두 거짓으로 부정되는 것입니다

삶 속에는 만남과 인연과 또한 사랑이 있습니다

그리고 인생을 원활이 하는 윤활유격의 행복이 있습니다

그러한 것들을 당신은 이제서 모두 포기하고 싶어 합니다

거짓된 사랑으로 인하여 슬퍼하게 될 상대가 안타깝고
불쌍하지 않으십니까?

당신에게 심심풀이 땅콩쯤으로 즐김을 느낄 수 있는
상대가 아니잖아요

입장을 바꿔놓고 생각해 볼까요?

상대가 당신을 장난감으로 여긴다면
당신의 기분은 어떨까요?

상대가 한없이 원망스럽고 그러한 상대에게 마음을 준 자신이
더없이 추하고 볼품없이 여겨질 겁니다

심지어 죽고 싶다는 어리석은 판단을 하게 될지도 모릅니다

사랑하지 않는 상대를 마음이 약하다고 감싸며
거짓된 사랑을 쌓는 것

순간의 작은 육체적 쾌락을 위해 무기력한 상대를 이용하는 것

당신은 상대의 인격을 거침없이 무시한 자신을
자랑할 수 있겠습니까?

누구한테요?

그것을 동조하는 인간들 역시 당신과 다르지 않은
부류의 사람일 겁니다
그들은 물론 당신의 친구들이겠죠?
상대가 더 큰 거짓으로 인한 마음에도 없는
사랑의 굴레로 빠져들기 이전에 상대에게

"미안해요, 나의 사랑은 거짓이었어요. 모두 당신을 꾀기
위한 방법이었어요."

라고 말하세요
그래도 상대가 이해하지 못하면 당신의 책임인 만큼
차근차근 일깨워 나가야 합니다
당신은 아무 일 아닌 것처럼 느낄 테지만 상대에게는
상대의 인생에서는 있을 수 없는 일이기 때문입니다
그러한 처방을 내리지 못하고
미적미적 시간을 끌며 방치한다면
당신은 물론 아무 죄 없는 상대에게까지
불행한 일이 닥칠 겁니다
장담하건데 가장 큰 피해자는 바로 당신이 될 겁니다
아직도 망설이고 있나요?
상대가 힘들지 않게 최선의 배려를 부탁합니다

빠르면 빠를수록 좋습니다
이상적인 판단으로 상대를 일깨워 준다면
상대 또한 그토록 힘들지는
않을 겁니다
빠른 판단은 스스로를 조금은 자유롭게 해 줄 겁니다
사랑을 섣불리 추구하지 마세요
충분한 시간을 두고 상대를 파악한 후에
그리고 그 상대 또한 당신을 원하는 진실함이 느껴질 때
다음 단계의 진솔한 사랑을 시작해도 늦지는 않습니다
거짓된 사랑은 자신을 망칠 겁니다
꼭 명심하세요!

＊

상대에게 자신을 내보이지 않는데
어떻게 그 상대가 당신의 마음을
이해하고 당신에게 가까이 다가갈 수 있겠습니까?
그것은 꿈을 잘 꾸었다고 복권을 사는 것과 같은 헛된 욕망과
허황된 욕심에 불과합니다
진정한 사랑을 원한다면
상대에게 사랑을 갈구하기 이전에 먼저 당신이

자신의 꾸밈없는 모습으로 상대를 일깨워 주는 겁니다

자신의 감정을 진실하게 표현해 보세요

그럴 때 비로소 상대가 평범한 모습이 아닌

당신을 향한 특별한 모습을

거침없이 내보일 겁니다

감정 또한 어느 누구에게 대하는 것보다

훨씬 부드럽고 다정한 감정을

당신이 원하는 만큼 풍부하게 내보일 겁니다

당신이 자신의 모습을 내보이길 꺼려하면 할수록

상대 또한 위축된다는 것을 왜 모르나요?

희박한 사랑을 꿈꾸기보다 풍부하고 다양한 사랑을

꿈꾸는 겁니다

진정한 상대가 당신 앞에 나타났다고 느낀다면

주저하지 말고 거침없이

자신의 모습을 내보이는 겁니다

용기를 내세요

소극적으로 자신을 낮추지 마세요

그러한 용기가 당신에게 아름다운 사랑의 희망들을 소리 없이

떠들썩하지 않게 슬며시 가져다 줄겁니다

자신의 용기와 진솔함으로

상대에게 다가가려할 때 그 상대가 거부 반응을

일으킨다 하여도 주저하지 말고 끈기 있게 보여주세요
상대는 그러한 당신에게 서서히 반해 거부하려 해도 서슴없이
다가올 겁니다
중도에 탈락하지 마세요
시작한 이상 당신이 원하는 사랑을
쟁취할 의무가 있는 것입니다
그러면 당신은 자신의 모습을 새로이 갖추게 될 것이며
상대와의 행복으로 인생의 즐거움을 느끼게 될 겁니다

*

진실을 말하되 상대에게 부담을 주는 언행들은 삼가주세요
그리고 상대의 약점을 잡아 얽매 놓으려고도 하지 마세요
입장을 바꿔 그 상대가 당신이라면 어떻겠어요?
당신이 마음 편하게 밥을 먹고 볼 일을 보며
그윽한 커피를 맛나게
마실 때 상대는 한 순간도 편안함 없이 당신을 생각하며
실의에 잠겨 있을 겁니다
상대가 자신에게 소홀했다거나
편견을 가지고 당신을 바라본다는
속단 또한 금물입니다

그러한 것들을 배재할 수 있을 때 상대는 마음 깊숙한 곳에서
우러나오는 진심을 그대에게 열정적으로 쏟아 부을 겁니다
자신은 진실을 말했는데 상대가 알아주지 않는다는
조바심은 내지 마세요
상대도 당신의 마음을 서서히 알아 줄 겁니다
속단은 금물입니다
그 속단으로 하여 상대는 당신에게 느꼈었던
모든 감정을 지우려 할지도 모릅니다
사랑은 많은 것을 바라면 바랄수록
오해와 부담을 초래할 뿐입니다
또한 그런 불신이 커지면 커질수록 잠재해 있던 상대에 대한
좋지 않은 감정들을 끌어내려 할 겁니다
그리하여 불만족으로 상대를 외면하려 하고 자신의 기억 속에
존재해 있는 상대를 애써 지워버리려 할지도 모릅니다
결국 조바심으로 하여 사랑은 흔적 없이
사라져 버릴 겁니다
그러한 불행을 이끌지 말고 상대에 대한 감정을
서슴없이 말하세요
상대가 움직이지 않아도 꾸준히 노력하세요
그럴 때 상대는 당신도 모르는 사이에
조금씩 움직이고 있는 것이

당신 눈에도 보일 겁니다

당신이 생각하기 이전에 상대는 벌써 움직이고

있었는지도 모릅니다

당신이 다른 생각을 하고 있을 때

당신이 미처 발견하지 못했을 수도 있습니다

혹 당신에 대한 사랑을 상대가 표현하고 있는데도

당신이 알아차리지 못하고 있는지도 모릅니다

다시 한번 상대를 유심히 살펴보세요

진정한 결실이 당신도 모르는 사이에 다가서고 있을 겁니다

행복은 단 순간 이루어지지 않습니다

많은 노력과, 많은 시간과, 많은 감정들이

혼합되어 차근차근 진행되면서

자신도 모르는 사이에 웃음을 간직하게 됩니다

행복은 꾸준한 노력과 그에 대한

아픔으로 열매를 맺게 하여야

진정 참된 결실을 수확하는 것입니다

이러한 진리를 이해하고 터득할 수 있을 때

아무 것도 아닌 일들로 인해

상대와 싸우는 일은 없을 겁니다

＊

서로에 대해 진실을 말한다는 것은
상대에 대해 소홀하지 않다는 의미를
부여하는 동시에 상대에 대한 믿음을 보여주는 것입니다
그리고 그 믿음은 곧 서로에 대한 사랑으로 승화되며 만족을
느끼게 될 겁니다
그 만족을 느끼게 되면 될수록
상대에게서 느끼지 못했던 새로운 모습과
행동이며 버릇들이 자연스럽게 보이게 될 겁니다
동시에 서로에 대한 책임감을 느끼게 될 겁니다
서로에게 충실하여야만 관계가 또렷해지는 것입니다
서로는 자신들의 영역을 그 누구에게도 침범 당하지 않으려
노력할 것이며 행복을 영원히 지속하고자 노력할 것입니다
그리고 또한 어렵거나 힘든 일이 생겼을 때
서로에게 의지하며
삶의 진리를 차차 깨우쳐 나가려고 열심히 노력할 겁니다
그러한 당신들에게 그 어느 누가 해코지하려 하겠습니까?
만약 당신들이 그러한 것들을 이겨낼 생각조차 않으며
심각성을 받아들이지 않고 싸우기만 한다면
그때는 당신들을 갈라놓으려는

해코지가 작용할지도 모릅니다

사랑이라는 것은 장난으로 실현될 수 없는 것입니다

서로의 마음을 느낄 수 있을 때

실현이 가능하며 행복을 자연스럽게

가져다주는 것이 바로 사랑이라는 녀석입니다

그리고 사랑은 성실함과 그에 따른 노력으로

일구어 나가는 것입니다

농부가 땅에서 곡식을 일구어 나가며

땅이 메마를 땐 물을 길어 나르고

비에 곡식이 무르면 물꼬를 만들어

싱싱하게 키우기 위해 땀을

흘리며 노력을 하듯 사랑 또한

그냥 이루어지는 것이 아닙니다

자신의 진실한 모습과 노력을 보일 때

사랑은 영원히 당신들의

곡식으로 자라나며 멋진 수확의 결실을 당신들에게

차곡차곡 쌓아드릴 겁니다

사랑이라는 것은 절대 거짓을 말하지 않습니다

*

서로에게 진실할 수만 있다면 사랑의 시작은
가능성이 있습니다
진실하다 함은 곧 거짓이 아니기 때문입니다
진실은 가까운 시일 내에 당신에게 사랑을 아낌없이 가져다
줄 겁니다
망설이지 마세요
그 사람이 당신이 바라던 이상형의 사람이거나
당신에게 과분하다고 여겨지는
상대라면

"당신을 보는 순간 난 그 어떤 말도 할 수가 없었어요.
당신만 보면 난 생벙어리가 되고 말아요"

라고 서슴없이 말해 버리세요
그러면 상대 또한 당신의 진실한 대답을
묵인하지는 못할 겁니다
진실할 수밖에 없는 당신을 상대는 믿지 않고는
견디지 못할 겁니다
차라리 혀에 발린 속된 말보다는 직접적으로 대놓고 말한
당신이 성실해 보일 겁니다
그리고 벙어리가 된 당신을 상대는 사랑으로 치유시킬 것이며

상대는 당신의 마음을 한결 촉촉하게 감싸줄 겁니다
그것이 점점 사랑으로 가까워지면 질수록 서로의 소중함으로
변함없는 마음속의 행복이 가득 깃들 겁니다
사랑은 서로에 대한 진실한 감정으로 시작해서
당신이 상상도 할 수 없는 무한한 것을 가져다준다는 것을
당신은 잊어서는 안 될 것입니다

못 견디게
그대가 보고 싶어...

늦은 밤 그대와의 전화를 끊으며 나는

그대와의 짤막한 '안녕' 이라는 단어에 아쉬워합니다

서로가 끊기 싫어 먼저 끊으라고 말할 때면

나는 한사코 당신에게 강요합니다만

당신과 마지막 단어로 끝맺은 뒤에 나는 허전함을

견딜 수가 없어서 잠을 청하지 못하고 커피 한잔을 앞에 두고

달아난 단잠을 떨쳐버립니다

잠이야 내일 자면 그만입니다

내일이 아니더라도 당신만 생각하면 단 한숨도 자지 못해도

견딜 수 있을 것 같습니다

한동안 인터넷 서핑을 하다가

하루를 접으려 하지만 당신에 대한

생각에 밤이 너무도 짧게 여겨집니다

당신 옆에 있으면 항상 시간이 모자라

이 핑계 저 핑계를 대면서

헤어지기 싫어 미적거렸었는데

인적이 드문드문 스쳐지나가는 골목길의 가로등 사이로 밤은

깊어 가지만 당신의 전화가 금방이라도
걸려올 것 같은 기분에
잠을 전혀 이룰 수가 없습니다
모두 당신의 책임입니다
어떻게 책임질 건가요?
방의 불을 끄고 애써 잠을 청하려 하지만 잠이 오지 않아
뒤척이기기만 할 뿐
다시 불을 켜고 앉아 핸드폰에 저장되어 있는 당신의 모습을
유심히 지켜보며
당신이 잠들어 있을 모습을 상상해 보기도 합니다
장신의 잠든 모습은 아마도 잠자는 숲속의 공주처럼 예쁠 것
같습니다
그런 당신에게 입맞춤이라도 한다면 금방 깨어날 것도 같은데
그리곤 당신에게 문자를 보냅니다

「자는 거예요?」

문자를 읽지 않은 모양인지 확인 표시가 사라지지 않습니다

'날 들뜨게 해 놓고 이 밤, 난 어쩌라구요?'

따지고 싶은 마음입니다만 그냥 나만의 귀여운 투정입니다
혼자 당신을 생각하며
키득키득 웃기도 하면서 시무룩해지기도 합니다
당신은 내게 너무도 많은 것을 선물해 주었습니다
물론 이 밤도 그렇구요
이 밤 당신이 없었다면 이처럼 행복한 꿈을
꾸어 본 적이 없을 겁니다
그러한 당신에게 나는 너무도 미안합니다
내 자신이 너무도 작게 여겨지며 초라해 집니다
그리고 당신에게 내가 가지고 있는 것을
많이 보여주리라 생각합니다
이를테면 아직도 꼭꼭 숨겨놓고 당신에게 보여주지 못한
사랑들 말입니다
내일 당장이라도 당신을 만나 나의 따뜻한 마음을
모두 보이고 싶어집니다
밤은 너무도 많은 것을 일깨워 줍니다
밤은 어두운 것을 무기로 우리를 억압하는 것이 아니며
외로움과 적막함 그리고 소리 없이 다가오는
사랑의 아름다움을 가져다줍니다
많은 것을 이해할 수 있게 한적함과 편안한 보금자리를
제공해 줍니다

창문을 열면 신선하고 상쾌한 공기가 머리를 맑게 해주고
당신을 떠올리라고 때로는 생각지도 않은
아카시아꽃향기를 가져다주기도 합니다
당신에 대해 많은 생각을 간직하게 하는
밤의 적막함은 너무나도 여유롭고 온화합니다
그리고 당신을 절실히 원하게 하는 밤은
이렇게 홀로인 나를 감싸주기도 합니다
그처럼 밤은 향기로우며
당신에 대한 향수를 느끼게 합니다
고요한 밤의 정취 사이로 찾아드는 당신의 모습으로 인해
밤을 꼬박 지새운다 하여도
나는 피곤하지 않을 것만 같습니다

*

새벽녘 당신에 대한 그리움을 견디지 못하고 마당으로
나서면 싸늘한 밤공기가 기분 좋게 나를 휘감습니다
의자에 앉아 당신 생각을 하며
이름 모를 풀벌레들의 노랫소리를 듣습니다
그것은 너무 평화로우며
지칠 줄 모르는 삶의 한 자락을 의미하며

또한 내 삶의 또 다른 휴식이기도 합니다

풀벌레의 노랫소리를 들으며 가슴 깊숙이 상쾌한 공기와

한적함을 호흡해봅니다

하늘 저편 환하게 반짝이고 있는 영롱한 별을 보면

당신의 수수한 눈을 보는 것과 같은

착각을 일으키기도 합니다

사실 저 별보다는 당신의 눈이 더 예쁩니다

그리고 더 아름답게 빛납니다

특히 당신의 눈동자에 비춰진 나의 모습을 발견할 때면

그렇게 황홀할 수가 없습니다

바쁘게 살아가고 있는 나에게

당신은 처음 여유라는 것을

일깨워주었습니다

내게서 느끼지 못했던 것을

당신에게서 발견할 때면 가슴이 절로 설렙니다

나를 스스로 느끼게 하는 것은 언제나 당신입니다

그래서 난 당신이 좋습니다

지금 당신으로 인해 느끼고 있는 여유로움 또한

당신과 영원히 간직하며

함께이고 싶습니다

당신을 만나기 이전의 나는

뒤를 돌아 볼 겨를 없이 앞만 보며

스스로를 재촉했고 시간 속에 억압당하며 지내왔습니다

자신을 생각할 겨를도 없이 삶의 여유를 깨닫지 못하며

바쁘게만 걸어왔습니다

하지만 이제는 당신에게서

자신을 한 번쯤 돌아볼 수 있는

여유로움과 즐김의 미학을 배웠습니다

나의 존재에 대해 그리고 삶을 살아가는 방식에 대해

나는 깨닫고 있습니다

힘들게 살아가면 갈수록

힘들 수밖에 없다는 것을 이제는 이해합니다

모든 것을 쉽게 생각하며 처리해 나갈 때 마음의 여유로움을

느낄 수 있으며 정신적,

육체적으로도 건강해 진다는 것을 나는

당신으로 인해 깨달았습니다

당신을 느끼면서 나 자신이 놀랄 만큼

많이 변하고 있다는 것을

당신으로 인해 깨달을 수 있었습니다

사랑과 삶의 평범함을 욕심 없이 느끼게 된 겁니다

앞으로 한 번쯤 자신의 뒤를 돌아보며 즐길 수 있는 여유를

간직하며 살아가겠습니다

새벽녘 한적함으로 다가서는 당신은

나의 은인이며 연인입니다

새벽녘 평안의 향기로

당신에게 사랑을 모두 전하고 싶은 마음입니다

이 밤 나는 당신의 꿈속에서 어떤 모습으로

등장하게 될까요?

늑대?

*

밤비가 내릴 때면 그 비를 온몸으로 맞으며

실컷 울고 싶을 때가 있습니다

당신에 대한 원망이라도 하듯 슬프게 울고 싶어집니다

창문을 열고 그 비로 착잡함을 달래며

녹차를 입가로 가져갑니다

당신은 이미 내 곁에 없지만

당신은 이별이라는 단어로 나를 옭아매며

점점 힘들게 하고 있습니다

당신은 그 예전 우리들의 추억으로 나를 슬프게 만들고

나는 당신이 나에게 엄청난 한 부분이었음을 깨닫게 됐습니다

당신은 모질고 강한 사람입니다

당신은 그 힘으로 나를 자꾸 짓누르고 있습니다

이별의 순간에는 당신이 나에게서 그렇게 대단한 자리를

차지하고 있는지 몰랐습니다

그러나 지금은 절실하고 처절하게 느끼고 있습니다

그 힘에 이끌려 나도 모르게

바보처럼 작용하는 괴로움 속에서

벗어날 수 없게 꼭꼭 옭아매어 놓고 있습니다

비는 나의 마음을 더욱더 애타게 만들며 그 속으로 나를

끌어들이고 있습니다

그러나 이미 내 곁에 존재할 수 없는 당신이기에

나는 당신의 존재를

나의 마음속에서 모조리 지워야 합니다

하나씩 하나씩 당신이 내 가슴에 차지하고 있던

자리를 지워나가야 합니다

이 비로 하여 당신에 대한 미련을 모두 지우려고 합니다

그래서 다음 번 비가 내릴 때는 슬프고 아픈 추억이 아니라

기쁘고 행복했던 추억으로 간직하며 당신에 대한 실망이며

원망 같은 것을 생각하지 말아야 합니다

분명 그럴 수 있으리라 생각합니다

분명 당신과의 만남을 아름다운 추억으로

여길 수 있으리라 장담합니다

지금은 이렇게 아파하지만 그때는 아픔이라는 것을 모두

잊을 수 있을 겁니다

아픈 상처는 시간이 지날수록 무뎌지는 법이니까요

그리고 당신 또한 행복하라고 기대하겠습니다

내가 당신에게 전하고 싶은 말은

다시는 가벼운 사랑으로 상대를

슬프게 하지 말았으면 하는 바람뿐입니다

당신은 아무 일 아닌 듯 가볍게 생각하겠지만

상대는 이별의 아픔으로 인하여 죽고 싶을 정도로 괴롭고

아프고 힘들 겁니다

내가 그랬듯이 말입니다

나는 그 충격으로 심한 몸살을 앓았지만

당신과 내가 바라던 서로의 배우자가 아니었기에 나는

차라리 다행이라고 생각합니다

당신의 존재는 이미 내게는 없습니다

나는 그러한 당신을 외면해야 할 이유 또한 없습니다

이제 당신은 나의 일부가 아닌 오직 당신이니까요!

더 이상의 구차한 행동은 나를 더욱 추하게 만들 뿐입니다

적어도 당신 앞에서는 이제 당당할 수 있을 것 같습니다

까짓 무시하면 그만인 걸요

당신은 나에게 차인 겁니다

이별의 추함은 이제 없습니다

이 비가 그치고 나면 당신은 이미 내게서 존재하지 않았던

인물이 되는 겁니다

마지막으로 당신에게 감사하다는 말을 전합니다

당신으로 인해 모진 이별을 배웠고 그로 인하여

많이 성숙해질 수 있었기 때문입니다

당신을
볼 때마다...

당신을 볼 때마다 눈물이 납니다
당신의 행동 하나하나가 나의 마음을 적시고 뒤흔들어 놓으며
마구마구 뛰게 합니다
게다가 또 뜨겁게 달구어 놓습니다
싸늘한 봄바람이 불어 추운 감도 있지만
따스한 햇살과 눈이 부신
당신의 밝은 얼굴에 차가운 봄기운도
미소 짓게 하는 모양입니다
그런 당신을 보면 나도 모르게 행복에 겨운 눈물이 납니다
당신의 화난 모습과 웃는 모습
고독한 모습과 거기에 깃든 슬픈 모습
이런 것들이 나에게는 다 좋아만 보입니다
마음 같아서는 달려가 깨물어 주고 싶은 당신을
나는 어떻게 합니까?
사랑하는 그대를 보면 행복에 겨워 어린아이가 되곤 합니다
이런 나의 마음을 당신이 헤아릴 수 있나요?
내게 다가서고 있는 당신을 느낄 때면

내가 과연 당신에게 무엇을 해 줄 수 있을까?

고민이 되기도 합니다

턱없이 부족한 나의 마음이 당신에게 미안하기만 합니다

내가 당신에게 줄 수 있는 것은 아무것도 없습니다

오직 활활 불타오르는 나의 마음뿐입니다

나는 도둑놈입니다

그저 당신의 사랑을 성취하려고 탐하고 있을 뿐입니다

정작 당신에게 해줄 것도 없으면서

욕심만 부리는 나란 사람을

도대체 어쩔까요?

내 스스로 당신에게 사랑을 베풀고 있기는 하지만

빈약해서 그게 문제입니다

나는 당장이라도 당신을 내 뜨거운 가슴으로 안아주고 싶은데

당신을 좋아하는 나의 마음을 보여준다 해도 당신이 탐탁하게

여기지 않을지도 모르겠습니다

당신을 볼 때마다 눈물이 나는 것은

당신에게 사사로운 하나하나의 행동들이

나에겐 더없이 가까이 하고 싶은 마음 때문입니다

당신 앞에서 다시금 나를 돌아보게 됩니다

과연 내가 그동안의 삶을 올바로 살아왔는지

당신에게 비추어지는 내 모습이 부끄러워 보이고 마냥 한없이

초라하게만 느껴집니다
나는 당신으로 하여 행복함의 눈물을 배울 수 있음이
정말로 좋았습니다
나란 사람 진짜 염치가 없는 사람인가 봅니다

*

너와 나의 관계가 아무 의미 없는 관계가 될 수 있음을
나는 알고 있다
그러한 내가 괴로워하거나 슬퍼하는 너의 모습을 대할 때
아무 도움도 주지 못하는 것은 매우 서글픈 일이다
하지만 예외로 너는 자신을 결코 돌보지 않으며
나에게만 최선을 다할 뿐이다
그리고 너에게 바라는 나의 욕심을 맞추려
무지하게 애를 쓴다
그러한 너를 대할 때마다 자신만 생각하는 나를 탓하게 된다
그러면서도 너에게 바라는 것이
날로 부풀어 가는 것은 나 자신보다도
더 많이 너에게 의지하고 있기 때문이다
네가 나에게 의지하려 할 때
아무 도움도 주지 못하는 나로서는

상당히 부담스러운 일이기도 하지만

나는 별 수 없이 그것에 만족할 뿐이다

네가 아픈 날이면 나는 더 더욱 자신에 대한 질책으로 힘겹게

너에게 다가서려 한다

그러나 너는 그러한 것을 결코 용납하지 않으려 한다

헬쑥해진 너의 모습이 처량하여 울먹이면서도 내가 잠시

물러서는 것이 너에게 도움을 주는 것인 양

나는 너를 외면하며 집으로 돌아온다

나는 너에게 나만 내세울 뿐이다

잠시도 너의 입장에 서서 생각하지 못하는 나는 어쩌면 너의

곁에 있어서는 안 될 사람인지도 모르겠다

내 자신 스스로 이렇게 비약시켜는 것은

부끄러운 모습으로 너에게 다가서고 있는

내가 한심스럽게 여겨지기 때문이다

네가 나에게 행하는 감정과 행동을 피부로 느낄 때마다

나는 초라해질 수밖에 없다

나는 항상 너의 앞에 초라한 모습을 감추지 못하지만

그것은 너의 사랑에 보답하는 내가 할 수 있는 최대한의

배려일 것이다

그리고 너의 사랑에 대해 자만하고 싶지는 않지만

나는 자꾸만

너의 사랑을 갈구하고 또 갈구한다
나는 너에게 이런 말을 하고 싶다

"너의 사랑이 절실히 필요할 때면 나는 너무 간사해진다."

나는 너에게 잔인한 사람이다
사랑을 받기만 하는 나란 존재는
사랑을 악용하는 빌어먹을 사람이다
나는 너 몰래 가끔 울기도 한다
너를 행복하게 해주지 못하는 나를
결코 용서할 수 없기 때문이며
너의 앞에 서 있는 나의 모습이 작아 보이기 때문이다
나에게 가장 가까운 너를 행복하게 해 주어야 하는 것은
나의 의무이며 책임인 것인데
그러고 보면 실질적으로 나는 너의 앞에만 서면 한없이
자신이 없어진다
나는 너에게 너무 무책임하다
그런 나를 외면할 만도 한데
너는 외면하기는커녕 나를 더욱 보듬어준다
내가 무책임할수록 너는 나에게 적극적이다
나의 무책임을 자신의 잘못으로 단정 짓는 너를 볼 때마다

내가 할 수 있는 일이라고는 감동하는 일 뿐이다

너의 모습은 나에게 항상 애처로워 보인다

네가 나에게 신경 써주는 만큼

나는 언제나 너에게 최선을 다할 생각이다

비록 너의 사랑에는 미치지 못하지만 최선을 다하는 것으로

꾸밈없는 마음을 보여주는 것으로 너를 안심시키고 싶다

언젠가 너에게 행복 가득한 웃음이 환히 비출 때

나는 회심의 미소로 우리의 사랑이

그 어느 때보다 진실함을 밝힐 것이다

지금 이 순간 내가 너에게 내세울 수 있는 것은

훗날의 행복과

너를 향한 변하지 않을 각오뿐이다

이러한 나의 곁에 서성이는 너는

대단한 용기를 지닌 사람임에 틀림없다

나는 너를 행복하게 만들 수 있는 사람이며 또한

유일하게 너를 슬프게 만들 수 있는 사람이기도 하다

내 어찌 너의 하늘같은 사랑에 부끄럽지 않을 수 있을까?

우리에겐 결코 이별이란 있을 수 없다

있다 하더라도 서로의 믿음과 존경으로

그 난관을 헤쳐 나갈 것이다

나는 너를 존경하며 너에게 부끄럽지 않은 노력으로

우리를 위한 최선의 선택을 할 것이다
그것이 너의 사랑에 대한 나의 의무이며 책임이다
나를 눈물 흘리게 만들 수 있는 사람은 오직 너 뿐이다

만남은 돌이킬 수 없는...

상대는 당신의 진실을 알고 싶어 합니다
당신이 자신을 어떻게 생각하고 있는지 그리고 자신의 사랑을
어느 정도 이해하고 있는지에 대해서도 궁금해 합니다
그러나 상대는 이러한 물음을 당신 앞에서
직접적으로 표현할 수 없어서 안타까워합니다
설사 당신이 그 물음에 대답한다 하더라도 상대는
자신에 대한 평가를 듣기 거부할 겁니다
당신이 상대를 어떠한 존재로 평가하든 간에 상대는
그 대답을 차마 끝까지 들을 수가 없습니다
당신에게 비추어졌을 자신의 모습에 자신이 없기 때문입니다
당신 곁에서 가슴 설레며 오래도록 존재하고 싶은 것이
상대의 마음이며 진심이기 때문입니다
당신 스스로 상대에게 사랑한다는 말을 전할 수 있을 때
비로소 상대를 마음도 열릴 겁니다
그러면 상대는 당신의 진실을 진정 후회하지 않을 삶의
동반자로 당신께 보답할 겁니다
만약 상대의 사랑이 이루어질 수 없는 혼자만의 감정이라면
당신은 빠른 시일 내에 상대에게 말해 주어야 합니다

상대가 당신의 판단에 실망하고 힘겨워하더라도 당신은
뒤돌아 상대를 외면해야 합니다
얄팍한 동정은 또 다른 오해를 불러오기 때문입니다
상대가 너무 측은하고 서글프게 보인다고
혹은 외롭게 보인다고
불쌍하게 여긴다거나 위로를 한다는 것은
결국 위험을 자초하는
일입니다
당신은 약한 마음으로 그랬겠지만 그것으로 인해
충격 받게 될 상대의 마음을 조금이라도 이해한다면
상대를 감싸기보다 좀 더 쌀쌀맞게 대하십시오
당신의 배려에서 시작된 마음이 절망으로 변하는 것을
당신도 원하지 않을 것입니다
그것만이 상대를 위하는 길입니다
한순간 당신의 동정으로 인해 상대방 자신을
걷잡을 수 없이 오해하게 하고
그로인해 농락당했다는 생각을 들게 하지 마세요
당신이 책임질 수 없다면 더 이상 구차한 행동으로
상대를 어렵게 만들지는 마십시오
당신에게도 상대에게도 도움이 되지 못할 일들을
미련의 얽힌 타래로 고통스럽게 만들지는 맙시다

훗날 서로의 아픈 상처에 가슴 아파해야 할 상대라면
차라리 지금 정리하는 것이 최선일 겁니다
선택 따위는 필요 없습니다
선택은 오직 많은 것이 주어진 사람에게나
존재하는 가식입니다
상대는 자신의 진실을 알고 싶어 하지만 자신의 일방적인
사랑일지도 모른다는 생각 때문에 묻지 못하고 있습니다
당신 역시 어떻게 거절해야 할지 망설이고 있을 겁니다
당신이 상대를 사랑하건 사랑하지 않던 간에
당신은 진실을 말해야 할 의무가 분명 있습니다
당사자인 당신을 소극적으로 취급하지는 마세요
그것을 남의 일쯤으로 가볍게 생각한다면 큰 오산이며
불행한 자아도취입니다
서로에게 좋은 감정이라도 남기고 싶다면 적당한 시기에
적당한 상황에서 최선을 말해야 합니다
그리고 그 상대가 병적으로 일방적인 사랑을 하고 있다면
당신은 상대방 스스로 판단하여
포기할 수 있도록 도와주어야 합니다
물론 당신에게도 책임이 있기 때문입니다
절대 회피하거나 나 몰라라 뒤돌아 걷지는 마세요
그것이야 말로 가장 비열한 짓입이다

그렇다면 당신은 앞으로도 사랑을 할 자격이 없습니다
스스로 자격을 포기하겠습니까?
아니면 상대를 위한 배려로
이성적으로 사랑을 포기 시키겠습니까?

*

그는 당신의 사랑에 미쳐 있습니다
그에게는 이미 자신이라는 존재는 허용되지 않습니다
오직 당신의 사랑과 당신의 존재를 자신으로
생각하고 있습니다
그의 머리끝에서부터 발끝까지 당신의 촉감에
민감해져 있고 심지어
자신이 당신인 것처럼 숨 막히게 치장하려 합니다
하루라도 당신을 만나지 않으면 죽을 것 같은 기분에 정신은
산란해지며 오싹해지기까지 합니다
그는 자신의 전부를 바쳐 당신의 전유물이길 원합니다
당신과의 헤어짐이란 있을 수 없습니다
그에게는 상상도 하지 못할 절망이며
죽음과 같은 아픔의 연속입니다
그는 아마 자신의 사랑이 부정될 때

삶을 포기 할지도 모릅니다
당신을 잃음으로 해서 그에겐 더는
존재할 가치가 없기 때문입니다
당신을 생각하며 평생을 좌절과 슬픔 속에서 허덕이게 될
그의 운명은 살고 싶은 욕망마저 분명 상실하게 할 겁니다
당신과 만나지 못하고 또 전화 연락도 되지 않는 날이면 그는
안절부절못한 채 자신을 차츰 병적으로 감추게 됩니다
혹 당신이 자신을 외면하고
어디론가 훌쩍 떠나버릴 것 같은 기분에
그는 밤이 새도록 집착하는 자신을 원망하고 다독이기를
수십 차례 반복하고 또 반복할 겁니다
그는 그처럼 당신에 미쳐 있습니다
사랑이라는 것 하나 만으로 자신이 그토록 숨가퍼 하리라고는
그 자신도 생각지 못했던 일일 것입니다
그 사랑으로 인해 시름시름 앓다가 죽는다 하더라도
그는 미련을 남기지 않을 것이며 오히려 여한이 없을 겁니다
당신과의 만남은 그에게는 돌이킬 수 없는 운명의 장난입니다
사랑으로 순식간에 반신불수가 되어버린 그의 모습은
형편없이 시들어 가고 있지만 정작 그는 그런 자신의
모습을 알지 못합니다
당신이 없는 세상은

그에게는 용납할 수 없는 고통일 것입니다
당신이 그에게 소중한 것은 자신의 가슴 깊숙이 간직하고픈
보물이기 때문입니다
그 누구에게도 보여주고 싶지 않은 나만의 비밀 같은 것!
어린 시절 소나기가 지나간 뒤 무지개가 떠오르는 것을 보며
자신만의 것인 냥 소중하게 간직하던 그 비밀스러움
그 또한 당신에게 그러한 존재이길 바랍니다
그는 당신의 사랑에 미쳐서 서성이고 있는 당신의 당신입니다
당신의 그 자체입니다

사랑에
눈이 멀면...

당신의 입술에 처음으로 입을 맞추었을 때

그때는 5월이었습니다

아침저녁으로 아직은 쌀쌀한 기운이 몸을 움츠리게 하며

옷깃을 세우게 하던 계절이었습니다

물론 사랑은 계절과는 상관없지만 말입니다

당신의 입술에 나의 입술이 닿는 순간

그 잊지 못할 전율과 흥분

그리고 그 짜릿함은 아직도 잊을 수 없는

실로 말할 수 없는 첫 경험이었습니다

당신은 그 자리에서 움직이지 않고

나의 얼굴만 뚫어지게 쳐다보고 있었고

나는 그러한 당신의 눈을 쳐다보며

처음 느끼는 감정에 매료되어

더욱 깊이 당신의 감정을 간직하고 싶어했습니다

그때 당신의 모습은 지금 돌이켜 생각해 보면 매우 아름답고

청순했다고 기억됩니다

잊을 수 없는 황홀한 순간이었습니다

어색하고 쑥스럽기는 했지만 우리는 그 이후 서로에 대해

더 많은 것을 알 수 있었습니다

가느다랗게 떨고 있는 당신의 몸과 마음을 안정시키기 위해

꼭 껴안은 나의 팔 안으로 들려오던

당신의 고동치는 심장소리는

불규칙하기도 했고 평온하기도 했지만 대신 나의 심장은

금방이라도 불에 타들어가 소멸될 것만 같았습니다

당신을 처음 만나는 날과 같은 흥분을

그때 다시 확인할 수 있었습니다

당신을 처음 만나던 날

큐피드 화살에 맞아 당신을 사랑하게 된 나를

당신은 눈치 채지 못했겠지만

나는 그때의 화살 맞는 순간을 절대

잊은 적이 없습니다

내가 당신의 곁에 영원히 안주하리라 마음먹은 때도

바로 그날이었습니다

당신의 집 앞까지 에스코트해 줄 때면 서로 헤어지기 싫어

서성이다가 한참을 더 걸은 적도 있지만

내가 가장 즐거웠던 것은

아무 말 없이 서로의 표정만 살피고 있을 때였습니다

서로의 얼굴만 보아도 행복하게 여겨지며 옆에 있는

것만으로도 가슴이 쉴 사이 없이 뛰는 것

그것이 사랑이라는 것을

비로소 당신으로 인해 절실하게 알 수 있었습니다

내게 사랑이라는 것을 가장 정확하게 깨우쳐 준 당신은 나의

완벽한 당신이며 영원히 같이 있고 싶은 대상이며 또한

완벽한 나입니다

당신의 매력은 꾸미지 않은 본래 그대로의 모습입니다

있는 그대로를 소중하고 아름답게 가꾸는 당신이야 말로

진실로 나를 가꾸어 줄 수 있는 사람이며

내가 존경하는 사람입니다

나는 당신께 모든 것을 맡기겠습니다

그렇다고 마음에도 없는데 뜬금없이 모두 받아 달라는

말은 아닙니다

당신의 손끝에서 다시 태어날 수 있게끔 노력할 겁니다

처음 당신과의 입맞춤으로 인해 나는 나 자신의 이기심을

모두 포기했습니다

당신을 사랑한다는 이유 하나만으로도

나는 충분히 나이길 포기할 수 있습니다

*

처음 당신의 회사에 전화를 했을 때 나는 실망했습니다

그리고 서운했습니다

당신과 단 둘이 만나기를 원하는 나의 마음을

눈치 채지 못하는 당신이 야속했습니다

약이 올라 약속장소에 늦게 나갔던 것을

당신은 지금도 알아채지 못하고 있을 겁니다

너무 소심한 복수였나요?

나의 친구들과 당신 친구들이 함께 어울리는 동안에도 줄곧

당신만 쳐다보고 있는 나를 느끼지 못하는 당신이

바보스럽기까지 했습니다

그래도 언젠가는 나의 마음을 알아주려니

마음 다독이고 있었습니다

또한 나를 눈멀게 한 당신이 한때는 원망스럽기까지 했습니다

아무 일도 할 수 없게 만들어 놓고

나 몰라라 외면하는 당신이 미워

언젠가는 가벼운 술주정을 부리기도 했습니다

애교스러운 술주정이었다고 생각되기는 하지만 그때 당신의

얼굴에는 당황하는 빛이 역력했습니다

당신 친구들 앞에서 당신과 결혼하겠다고 장담하던 나

그것은 결코 장난이 아니었습니다

그 이후로 한참 동안은 단 둘이 만난 적은 없었지만

당신은 나의 사랑에 조금씩 호감을 갖기 시작했습니다

한 사람이 사랑에 눈이 멀면 다른 한 사람은 그 사랑에

눈을 뜨는 모양입니다

당신에게 하루에 열 번 이상 전화를 해도 싫증이 난다거나

부담스럽게 느껴지지 않았지만 당신의 목소리가 저편에서

힘들고 짜증스럽게 들려와 나의 가슴을 멍들이곤 했습니다

당신은 아마 모를 겁니다

내가 당신의 사사로운 것 하나하나에도

신경을 곤두세우고

있다는 것을

당신의 머리 모양에서부터 즐겨 입는 옷의 종류

그리고 식사할 때의 습관이며

버스에 오르기 전 하는 행동까지

당신과 비슷해진다는 것

당신과 닮아가고 있다는 것은 나에게

당신의 존재가 뿌리 내리고 있다는 증거이기도 했습니다

당신은 나의 그런 마음을

우정으로 단정 지으려 했지만 그것은

절대 우정에서 나오는 행동이 아니었습니다

내가 당신에게 연인이기를 바랐을 때 당신은 급기야 나를

시험하기까지 했습니다

정작 나를 믿을 수 없다는 생각에

그러했을지도 모르지만 그때

얼마나 실망을 느꼈는지 모릅니다

당신만큼은 특별한 사람이라 생각했던 나의 믿음을

저버린 것입니다

하지만 지금에 와서 생각해 보면 있을 수 있는 일입니다

한 사람의 반려자로 다시 태어날 수 있기 위해선 많은 것을

양보해야 하며

너무 큰 것을 바라지 말아야 한다는 말은

너무 평범한 말이기도 하지만 많은 뜻을 담고 있습니다

당신은 나에게 바로 그러한 것을 시험하고 있었던 겁니다

서로에게
상처주지 않을...

한때 한 사람을 사랑했지만 헤어질 수밖에 없었다는 것

그것은 죄가 될 수 없습니다

한 사람을 사랑했다는 것이 죄가 된다면

이 세상 대부분의 사람이

구치소나 교도소에 수감 되어야 할 것입니다

실연을 극복하고 좀 더 성숙된 입장에서

진정한 반려자를 만난다는 것은

인생의 고난을 함께 극복하기 위한 상대를 찾는 일입니다

그것은 굳이 숨겨야 할 이유도 없으려니와

밝혀야 할 이유 또한 없습니다

자신이 원하는 이상형이 아니라면 언제든 자신에게 맞는

이상형을 찾아가는 것은 당연한 일입니다

한 사람을 알게 되었다고 그 사람이 평생의 반려자로

존재하여야 한다는 법적인 조항도 없으려니와

꼭 그래야 한다는 의무 조항 또한 없습니다

진정 사랑하는 사람을 찾게 되었을 때

오랜 기다림의 시간은 해소되는 것이며

두 사람의 만남으로 새로운 인생을 개척하는 것입니다

인생은 마치 여행 같은 것이며

사랑은 여러 종류의 에피소드가 될 수 있습니다

목적지에 이르기 위한 삶의 행로 중에서

사랑이란 매우 큰 비중을 차지하고 있습니다

가족을 구성하고 사랑을 일깨우며 힘들 때 서로에게 의지하고

최선을 다하며 자신의 행복을 영위하기 위해

진취적인 것이야 말로

진정한 삶의 의미인 것입니다

자신이 원하지도 않는 상대에게

무조건적으로 자신을 맡기는 것은

부당한 처사입니다

그것을 강요하는 장본인들 또한 부끄러움을 깨달아야 합니다

상대의 생각을 모르는 상황에서 일방적으로

상대를 판단하는 것은 나쁜 일입니다

사랑으로 잭 팟을 터뜨리려는 모험은 금물입니다

오히려 사랑의 빈털터리가 되어 노년을 흉물스럽게 맞이하게

될지도 모를 일입니다

당신에게는 오히려 지금이 기회입니다

자신을 속이지 마십시오

그렇다고 자신의 입장에서 상대만을 탓하지 마세요

오히려 상대의 입장에서 자신을 돌이켜 보세요
사랑이 이루어 질 수 없음은 상대와 자신의 만남이
일방적으로 성립되었기 때문입니다
한 사람을 사랑했었다는 것,
그 사람과 결코 이루어지지는 않았지만
그를 원망해서는 안 됩니다
그리고 그를 원망해야 할 이유도 없습니다
중요한 것은 다른 상대와의 사랑 그 자체를 굳이 밝히려거나
감추려 하지는 않는 것입니다
오히려 역효과가 날 수 있습니다
인간이란 알 수 없는 소유력으로
때로는 스스로를 단번에 망치기도 합니다

*

상대방의 과거가 그렇게 궁금하세요?
꼭 상대방의 과거를 알아야겠습니까?
두 사람이 서로를 사랑하고 있으면 그만이지
그깟 지난 일이 무슨 상관입니까?
그렇게도 상대의 과거를 알고 싶다면 당신의 사랑은
과장되게 포장 된 허울에 지나지 않습니다

자신의 궁금증에 속박 받고 있는 당신은

상대에게 비춰지는 자신의 모습이

완벽하다고 생각하겠지만

그것은 당신의 그릇된 착각일 뿐입니다

자신이 소중하게 여기는 상대를 믿지 못한다는 것

그것만으로도 당신은 상대에게 잘못을 저지르는 것입니다

자신의 그러한 행동이 상대에게 큰 실망을

안겨 줄 것이라고 왜 생각하지 못하는 겁니까?

그 순간 당신은 상대에게 초라하게 여겨질 겁니다

진정으로 사랑하는 사람에게 배신감을 맛본다는 것

그것으로 상대는 절대 당신을 배려한다거나

인정하지 않을 겁니다

만약 상대가 당신을 믿지 못하고 과거에 치중해

신경을 곤두세우고 있다면

당신은 얼마나 불쾌하겠습니까?

물론 상대의 모든 것을 알고 싶은 것은

사랑하는 사람으로서 당연한

이치인지도 모릅니다

하지만 상대가 밝히려하지 않는 지난날의 허상을 알아야 할

이유가 없지 않습니까

아픔을 감싸주지 못할망정 상처를 끄집어내

긁어 부스럼 만든다면 그것은 죄악일 것입니다

당신 자신은 스스로가 너그러운 사람이라고

잘못 생각하고 있을 겁니다

당신의 마음을 이해할 수 있습니다

그러나 자신을 너무 내세우지는 마세요

스스로 당신의 사랑이 아직은 미숙하다는 것을

빨리 깨우쳐야 합니다

당신이 그렇게도 알고 싶다면 알아야겠지요

그래요

상대를 당신의 헛된 질책으로 비난해 보십시오

분위기 있는 음악을 틀어 놓고

기분 좋게 와인 한잔씩을 마시며

상대의 감정이 고조될 즈음 혐오스러운 당신의 집요한 말투로

상대를 흐느끼게 해보세요

잠시 후 당신은 자신의 잘못을 깨닫게 될 겁니다

그러나 그때는 이미 상대에게 씻을 수 없는

아픔과 오명을 지니게 한 후일 겁니다

그리고 당신 자신도 질책의 범위에서 벗어나지 못할 것입니다

서로 사랑하면 그뿐

더 이상 무엇이 필요하다고

그렇게 허영심 많은 욕심을 부립니까?

사랑 또한 뒤로 한 채 상대를 가슴 아프게 만드는
저의가 무엇입니까?
정녕 당신이 원하는 것이 이별이었습니까?
그렇다면 당신의 방법은 적중했습니다
당신은 역시 악마였습니다!

자연스럽게
다가서는 너의 사랑이...

너를 보고 싶어 가슴 설레는 이른 새벽에
나는 이러한 상상을 해 본다
아침 일찍 네가 출근을 서두르고 있을 즈음
아침의 신선한 공기를
은은하게 호흡하며 나의 집에서부터 너의 집 앞까지 상쾌함을
가득 담다가 촉박한 걸음으로
혹은 피곤한 모습으로 문을 열고 나오는 너를
놀라게 하는 것이다
너는 분명 생각지도 못했던 나의 출현으로 깜짝 놀랄 것이며
뜻밖의 행복에 겨워 즐거워할 것이다
어쩌면 너는 너무 즐거운 나머지
나의 품에 성큼 안길지도 모른다
아침 너의 출근길에 나란히 동행하는 일
하루의 시작부터 너의 행복한 모습을 접할 수 있다는 것은
생각만 해도 뿌듯한 일이며 하루 일과에 감미료를
치듯 감칠맛 나는 일이 아니고 무엇이겠는가
아침 출근 길

버스에서 듣게 된 노래를

하루 종일 콧노래로 흥얼거리게 되듯

너에 대한 생각으로 하루 일과가 즐거울 것은 당연한 일이다

네가 있음으로 해서 여유로움과 행복함을

느낄 수 있다는 것은 그만큼

네가 내게 소중하다는 것이며

그만큼 네게 내 자신이 소중한 사람으로 기억됐으면

하는 의미가 담겨 있기 때문이기도 하다

너의 생각으로 몇 날 며칠 밤을

뜬 눈으로 꼬박 지새운다 하여도

나는 피곤하지 않을 자신이 있다

그 피곤함은 늘 네가 충전해 줄테니까

어쩌면 그것은 사랑하는 이들의 의무 일지도 모르겠다

상대를 생각하고 소중히 여기며 잠시도 떨어져 있고

싶지 않아 하는 일련의 생각들

그것을 귀찮게 생각하는 사람들에게서는 사랑의 의미란

한낱 소모품에 지나지 않을 것이다

잠시 잠깐이나마 한 사람에게 소중하게

여겨지고 싶어 하는 마음

그것은 사랑이라는 말로 충분히 이해될 수

있을 것으로 생각 된다

내가 너를 사랑하고 너의 즐거워하는 모습을 상상하며

이른 새벽 이처럼 가슴 설레고 있는 것은

그러한 의미에서 당연한 일이다

그만큼 너는 나의 가까이에 있으며 그만큼 너의 사랑이

나의 가슴 속에 한가득 채워져 있다

너를 사랑한 것

그것을 제외하고 내 무슨 낙으로 이 힘겨운 세상을

헤쳐 나갈 수 있겠는가

만약 그렇지 않다면 마른 우물가에서 목말라 허덕이고 있을지

모르겠다

*

비가 내리는 날

그것도 갑자기 날씨가 흐려져 굵은 빗방울이 거리를

적시는 순간 나는 너의 생각에 마음이 편치 못하다

우산 없이 비를 맞고 퇴근길을 재촉해야 할 너의 모습이 나를

불안하게 만들기 때문이다

혹시 비를 맞고 감기에 걸리지는 않을까?

몸살을 앓지는 않을까 하는 생각에

안절부절못하는 것은 어쩌면 당연한 일이다

비에 젖은 몸을 떨면서 집까지 걸어 들어가야 하는 너를

떠올리면 나는 가슴이 아프다

집에서 TV를 보다가 더 굵어지는 빗방울에 가슴 조이며

이리저리 뒤척이다가

결심하고 너의 집 버스 정류장 앞에 서서

너의 모습이 언제 나타나려나

버스에 온 신경을 집중한다

나는 내가 그 자리에 서 있다는 것으로도

왠지 마음이 든든해진다

진정으로 내가 너를 사랑하고 있구나하는

생각에 자아도취 되어

살짝살짝 튀겨오는 빗방울에 새삼 고마운 감정이 들기도 한다

그러나 10분이 지나고 20분이 지나도

너의 모습이 보이지 않으면

나는 조바심을 내고 다른 길을 통해 집으로

들어가지 않았나 걱정하며 전화를 한다

그러나 통화는 되지 않고 고개를 갸우뚱거리며 나타나지 않는

너를 원망하기도 한다

괜한 짓을 했다는 생각을 하면서도 조금만 더 기다려보자는

나의 엉뚱한 미련으로 그 자리를 쉽게 벗어나지 못한다

버스에서 내리는 너의 모습을 보는 순간

나는 반가워 어찌할지 몰라하며

너에게 달려간다

그리고 다음순간 축 내려앉은 너의 어깨를

우산 속으로 끌어당긴다

깜짝 놀라는 너의 얼굴을 처다보며

너에게 가벼운 윙크를 하면 너는

어울리지 않는다고 하다가도 너는

나의 허리를 감싸며 얼굴에

화사한 미소를 짓는다

그리고 카페에 들어가 커피를 마시며 몸을 녹일 때면

너는 사랑한다는 말을 속삭이며

나의 손을 살며시 잡아준다

네가 즐거워하고 행복해하는 모습을 접하는 것

그것만으로 나는 만족한다

그것 이상을 너에게 바란다는 것은 사랑의 만용일 것이다

자연스럽게 밀려오는 너의 사랑이 나는 정말로 좋다

또한 나의 사랑도 너에게 자연스럽게

비추어졌으면 하는 바람이다

당신과의 추억을
아직도 잊지 못하고...

나에게 상처를 입혔다는 말 보다는 희망을 일깨워 주었다는
표현을 사용하여야 당신 앞에 서 있는 내가 초라하게
여겨지지 않을 것입니다
그리고 당신에게도 유리하게 작용할 겁니다
당신이 죄책감을 느껴야 할 이유가 없듯이 나 또한 당신을
원망해야할 이유가 없습니다
내가 앉아 있는 이곳
초라한 시장골목의 막걸리 집
이곳에는 의미가 담겨져 있습니다
쉬이 잊을 수 없는 옛일을 떠올리며 얼큰하게 취해가는 것이
오늘의 목적입이다
한때 당신을 원망하며 미친 듯이 술을 퍼마시던 이곳
마치 실성한 사람처럼 하루도 거름 없이
당신의 이름을 부르며
나의 나약함을 질책하던 이곳은
두 번 다시 생각하고 싶지 않은 곳이기는 하지만
이곳에 다시금 돌아와 앉아 있는 것은 잠시

당신을 원망했던 나 자신이 부끄럽게 여겨졌기 때문입니다

그리고 당신이 나타날 것 같은 희망과 그리움 때문입니다

당신이 나타나면 용서를 빌까하고 이곳에서 무작정 기다림의

시간을 보내고 있는 것입니다

성숙해지고 좀 더 여유로워진

나의 모습을 당신에게 보여주고 싶습니다

이제 자신에 대해 너그러워질 수 있다는 것

그리고 당신의 안부 정도는 부담 없이 물어 볼 수 있는 나를

당신에게 보여주고 싶었습니다

나는 가끔 그러한 생각을 하곤 했습니다

오랜 시간이 흐른 뒤에 우연한 계기로 만나게 될지도

모르는 당신의 모습

그렇습니다

나는 많이 변하여 있을 당신을 상상하며

당신이 나타날지도 모른다는

기대를 하고 있는지도 모르겠습니다

그러나 오해하지는 말아주세요

당신에게 악의가 있다거나

당신을 증오하고 있다는 말은 아닙니다

그랬다면 나는 아마 생각만 해도 소름 돋는

스토커가 됐을 테지요

나는 그런 썩어빠진 인간은 아닙니다
당신은 나를 한때 당혹스럽게 만들어 놓았던
사람이기도 하지만
나의 사랑을 간직했던 장본인이기도 합니다
당신이 이곳에 나타나리라고 생각하는 것은
아주 희박한 바람입니다
그 희박한 바람도 잠시 후면 촛불 꺼지듯
바람에 휘익 꺼지겠지만
잠시의 시간이 지나고 나면 당신에 대한 기억만을
남겨두고 이 자리를 벗어날 겁니다
다시 자유로운 나를 소중하게 아끼며 다듬을 생각입니다
혹시 모르잖아요
삶이란...

＊

무료한 오후, 무심코 아무렇게나 쌓아 놓은
책을 정리하다가 한쪽 구석에
초라하게 자리 잡고 있는 편지 묶음을 발견했습니다
먼지가 쌓인 편지 묶음에서
나의 기억 속에서 까맣게 잊혀졌던 그의

희미하고 가느다란 필적을 발견합니다

편지 묶음을 들고 묵은 먼지를 털어내면

금방이라도 울음이 터질 것 같은

그의 사랑이 가득한 이야기들이

소리 없이 잔잔하게 튀어나옵니다

뜻하지도 않았던 그의 출현으로 인해 무료했던 오후가

살며시 고개를 들기 시작합니다

편지에는 그의 생김새며 정갈하게 차려 입은 옷의 맵시가

그대로 살아나고 있었으며

그의 얼굴이 생생하게 기억나게 합니다

그리고 항상 얼굴에 미소가 가득하던 표정들이

나를 원망이라도 하듯 가슴을 싸하게 적시기 시작합니다

편지를 읽으면서 나는 망설이고 있었습니다

그가 갑자기 보고 싶다는 생각이 순간 머릿속을

강하게 스치고 지나갔기 때문입니다

이제서 그와의 만남을 시도한다는 것

그것은 분명 그를 난처하게 만드는 일이며

불쑥 그의 사생활에 난데없이

뛰어드는 난처한 일이기도 합니다

나는 다시 마음을 가다듬고

그와의 추억을 조심스럽게 끄집어냅니다

내가 그를 처음 만난 것은 어느 커피전문점이었습니다

봄비가 소리 없이 측은하게 내리던 초저녁

친구의 주선으로 알게 된 그는 성격이 좋아

처음부터 호감이 가기 시작했지만

나는 쉽게 마음을 열지 않았습니다

그는 항상 발랄하고 명랑한 기색을 지니고 있었지만

내면에는 어딘가

어두운 그림자를 지니고 있었습니다

그러한 자신을 그는 절대 내게 보이려하지 않았고

나는 그 숨김이

왠지 마음에 들지 않았습니다

그렇지만 자신을 내세우기 이전에 먼저 나의 입장에서

자신을 판단하고 행동하는 편이었습니다

그와의 만남은 주로 나의 위주로 흘러갔고

그는 그것을 당연하다는 듯이 받아들였습니다

하지만 우리는 결코 연인이 될 수 없었습니다

그것도 물론 나의 일방적임 때문입니다

그러나 그의 편지는 언제나 내 삶의 활력소였습니다

그에게서 마지막 받은 편지는 그해 겨울이었습니다

막연하게 그해 첫눈이 내리면 만나자던

나의 전화가 아마

마지막이었을 겁니다

첫눈을 그저 처음 내리는 눈쯤으로

너무도 가볍게 생각했던 모양입니다

평상시 '우리 언제 밥이나 먹자' 라는 말처럼

흔히 안부나 묻는 투로 그렇게 말입니다

그 후로 그는 더 이상 전화가 없었고 어디론가 사라졌습니다

그 후로도 아무렇지 않게 나의 생활은 지속되었고

그는 나도 모르는 사이

그렇게 나의 기억 속에서 자취를 감추고 말았습니다

연인은 아니었지만 헤어지자는 말 한마디

주고받지 못한 채 잊혀지고 있었던 겁니다

알 수 없는 일입니다

그의 잠적이 궁금했을 수도 있었는데

몇 년이 지난 지금에 와서

그의 존재가 되살아나는 것은 나 자신도 생각하지 못했던

뜻밖의 일입니다

그저 옷깃만 스치고 지나간 바람과 같은 존재

그가 감추고 있었던 것은 무엇이었을까?

뜬금없이 그런 생각이 듭니다

그가 자신을 내게 내세우지 않았던 것은

어쩌면 그런 영향도 있었을지 모릅니다

그가 항상 지니고 있던 어두운 그림자,

그 그림자가 무엇을 의미했었는지

아직도 알 수는 없지만 그 자리에

이제는 밝음만 가득했으면 좋겠습니다

섬세한 그의 마음을 닫고

그의 편지를 다시 가지런히 정리해 묶어서

언제가 될지 모르는 아쉬움을 남긴 채

절제의 속으로 남겨둡니다

그에게 전화를 해볼까?

하는 생각의 미련도 함께 접어 언젠가 우연히 만날

기대를 남겨도 봅니다

*

거리를 걷다가 앞서 걸어가고 있는 연인을 보다가

문득 당신을 생각합니다

아무런 이유도

의미도 없이 무심결에 떠오르게 된 당신에 대한 추억들

목적지도 없으면서 무의식적으로 걸어가고 있는

나는 그저 야릇하고 담담한 표정뿐입니다

곁에 잠시 머물렀던 당신의 생각이

어쩌면 목적지가 되었는지 모릅니다

당신의 생각에 여전히 거리를 배회하고 있습니다

이 순간 과연 나와 당신의 존재 사이에

무엇이 더 남았기에 이렇게

당신을 생각하게 된 건지는 모르겠습니다

순간 걸어가고 있는 나의 발걸음이 점점 더 불분명해 집니다

한걸음 내디딜 때마다

무감각하고 둔탁하게 작용하는 육체만을 빼놓고는

내 주위에 존재하는 그 어떤 것도 느낄 수 없습니다

나의 이성과 감성은

그처럼 철저하게 고립되어 흐릿해지고 있다가도 순간

당신 생각으로 인해 일깨워지기도 합니다

누군가 나의 어깨를 스치고 지날 때면

더욱더 감성은 커져만 갑니다

당신에게 흡수되어지는 것만 같습니다

더 이상 가까워질 수 없는 당신에게로

더 이상 사랑을 만들 수 없는 당신에게로

나의 감각이 살아나고 있습니다

왜 당신의 생각이 갑자기 나를 일깨우는지

알지 못하면서 나의 모습은

점점 새록새록 피워납니다

당신과의 헤어짐은 나 자신을 부정하고 싶게 만듭니다

그러나 그것조차 용납되지 않습니다

그 순간은 나에겐 힘겨운 몸부림뿐입니다

희미하고 몽롱해져 있던 나의 감각을 이 순간 나는

조롱할 수 없습니다

그것마저 부정한다면 나 자신에게도 그리고 당신에게도

큰 죄악이 될 것 같은 기분입니다

당신을 생각하며 나는 서럽게 울고 있는 것인지도 모릅니다

울다가 지쳐 그 자리에 주저앉으면

일으켜 세워줄 사람 또한 없습니다

아직 당신의 기억이 남아 있는 것을 보면 나는 아직도 성숙의

단계를 밟고 있는 것 같습니다

나는 당신을 잊을 생각을 먼저 합니다

다시 나의 앞에 다가설 만남과 행복을 위해

지금 이 순간 나 자신을

오히려 부추기고 있는 것인지도 모릅니다

당신에 대한 남아 있던 감정마저도

외면한 채 대수롭지 않게 생각한다면

당신이란 존재는 나에게 거짓과 허위가 될 것입니다

그렇지 않다는 것은 한 사람에 대한 소중함을 진실하게

지니고 있다는

말이기도 합니다

소중한 사람이 자신의 곁을 떠났다는 것

그 사람으로 인해 아파할 수 있다는 것

그것은 이성적인 인간이면 당연한 일입니다

이렇게 걷다보면 내 자신을 극복할 수 있는 순간을

자연스럽게 받아들일 것입니다

더는 연연해야 할 시간이 없을지도 모릅니다

또 시간이 흐르다 보면 지치거나 스스로 잊히겠지요

*

고독이 숨 쉬는 정적 깊은 초가을의 싸늘한 밤,

창문을 활짝 열어젖히고

소리 없이 젖어드는 적막함에 가위눌려

지난날 행복했던 순간을 생각합니다

희미하게 들려오는 풀벌레의 울음소리가

지난날을 은은하게 이끌고

나는 스르르 그 시절로 빠져듭니다

마주 서 있는 것만으로도 행복했던 순간들

어쩌다가 여행이라도 하게 되면 서로 어찌할지 몰라

부둥켜안고 좋아했던 일들

함박눈이 내리던 날 같이 커피 마시고 싶은 생각에

약속을 잡았지만 길이 막혀

약속시간에 늦을까봐 발을 동동 구르던 일

예상하지도 않았던 장소에서 만난 뜻밖의 일

서로 같은 생각을 하며 시간 가는 줄도 모른 채

순간순간 짜릿한 전율로

즐겁던 나날들

그 잊지 못할 추억 속에 나의 가슴은

뜻 모르게 뛰고 있습니다

가을 밤 초췌하게 일그러지는 나의 마음을 알아주듯

노래하는 귀뚜라미의

애절한 목소리에 잠시 감정에 젖어 봅니다

이제 저 멀리서 뒷걸음치듯 점차 희미해지는 그는

나의 옛 애인에 불과할 따름이지만

나의 마음 울컥거리게 하는 그의 모습은

한때 나의 소중했던 사람으로

이 밤 그윽한 가을 향기를 전해줍니다

깊이 간직해 두었던 그의 사진을 꺼내 바라보고 있으면

생각나는 이야기는

한도 끝도 없을 것만 같습니다

그는 한때 나의 연인이었습니다

커피를 마시며

그를 생각하며 올려다보는 가을 밤하늘의 애처로운 속삭임은

별의 촉촉한 입맞춤으로 더 더욱 고독 속에 빠져들게 합니다

허허로운 마음 속 목 놓아 한껏 울고 싶은 시간

나는 그를 내 마음 속 깊이 간직하고 있는 별이라 생각합니다

만남의 기억 없이 뒤돌아 걸어가던

그의 싸늘했던 뒷모습을 생각하며

나의 고독을 불태우는 순간 초라한 나의 모습은

그 어느 때보다도 더 쓸쓸해집니다

향초를 켜고 잠을 자기 위해 누워 보지만

그저 뒤척일 뿐입니다

이별은 그저 이별일 뿐이라고 생각했던 적이 있습니다

이별 이후를 단 한 번도 생각해 보지 않았던 내가

점점 미워집니다

가을밤 하늘은 맑고 깊은데 그에 반해

나의 가슴은 고독함과 슬픔뿐입니다

그와의 사랑은 이루어지지 못했던 운명

고독 속에서 울컥거리는 한마디의 말

'나는 아직도 당신 생각을 합니다'

고독이 깃든 밤 한 번쯤은 당신을 그리워해 보는 것도

그리 불편한 일은 아닙니다

자신을
혹사시키는 장본인은...

토요일 오후 텅 빈 사무실에 앉아 창 너머로 불어오는 바람을
편안한 마음으로 받아주며 나를 돌이켜 생각해 봅니다
너무 급하고 빡빡하게 세상을 살아가며
발버둥치는 것은 아닌가?
일에 얽매여 나를 너무 혹사시키고 있는 것은
아닌가에 대해 골몰하게
생각하다 보면 그다지 여유롭지 않은
나의 일상에 회의를 느끼게 됩니다
하지만 그 모든 것을 집어치우고 어디론가
훌쩍 떠날 수도 없는 일입니다
스트레스와 피곤함에 진저리 치면서도 하루하루를
촉박하게 살아가고 있는
나를 내세우지 못하는 것은 어쩌면
욕심 때문일지도 모르겠습니다
스스로 자책을 해보지만 그렇다고
마땅히 할 수 있는 일이 없어 아쉬움만 가득합니다
이 자리에서 벗어나 먼 곳으로

여행을 가지 않더라도 나의 일상을

여유롭게 만들 수 있는 일은 여러 가지가 있을 겁니다

잠시 시간을 투자해 서점에 들려 책 냄새를 호흡하며

마음에 드는 한권의

양서를 구입한 뒤 틈틈이 한 장씩 읽을 수도 있는 일이며

친구들과 만나 실컷 수다를 떠는 것도

그리고 지난 일들을 얘기하며 추억을 되살리는

일 또한 자신을 좀 더 여유롭게 하는

좋은 방법일 것 같습니다

시간이 없다고

몸이 피곤하다고 나 자신에게 너무 못되게 군 것 같습니다

나를 사랑하는 방법을 그동안 잊고 있었던 것 같습니다

나에게

나를 위해 값 싸지만 소중한 선물을 사줄 수도 있었는데

여태까지 그러했던 일이 없습니다

근간에 책을 가까이 경험해 본적이 있나요?

중학교, 고등학교 때의 친구들과 왕래는 있나요?

친구들을 만난 지는 얼마나 됐나요?

솔직히 자신을 위한 취미 같은 건 있나요?

아니요

그리고 보니 내 자신에게 너무도 소홀했던 것 같습니다

내 자신을 얽매고 있는 것은 아마도

사소한 핑계에서 시작되는 것 같습니다

일요일

집에서 TV를 보거나 낮잠을 즐기는 일보다 가벼운 마음으로

가까운 야외로 외출해서 상쾌한 공기를 한껏 들이키는 일이

뭐가 그리 힘든 일이라고

무작정 시외버스를 타고 시골길을 달려 보는 것 또한

해보고 싶어도 나 자신을 위해 여태 해주지 못했습니다

나 자신을 막 다루고 혹사시켰던 것은 정작 나였습니다

지금의 모습을 스스로 극복하지 못한다면 나의 일상은 점점 더

찌들 수밖에 없을 겁니다

돈이 없다고 돈돈 한다고 해서

시간이 없다고 해서 시간시간 한다고

그것이 어디서 불쑥 튀어나오는 것도 아닌데 왜 나는 그렇게

아등바등 했을까요?

나에게 주어진 시간을 조금만 아끼고 활용한다면

나는 분명 행복하고

즐거운 일상을 즐길 수 있는데 왜 나는 생각조차 안했을까요

이제부터라도 시작해볼 생각입니다

그러면 나에게 부끄러움 없는 삶을 살아가고 있다고

조금이나마 자부할 수 있을 것 같습니다

이렇게
살아 있는 것만으로도...

비가 처량하면서도 감미롭게 내리는 날이면
나의 가슴 설렘이 시작된다
영락없이 거리로 나서는 나의 손에는
우산이 들려 있지만 쉽게
우산을 펴지 않는다
비오는 날이면 마냥 걷고 싶어지는 건 못 말리는
버릇이기도 하다
비 맞기를 좋아하는 나를 사람들은
이상한 눈으로 보지만 정작 나는
남들의 시선에는 아랑곳 하지 않는다
그처럼 나는 아주 광적이다
나는 빗속을 걷는 것이 그냥
마냥 좋다
이런저런 생각으로 걷다보면 익숙한 곳도 지나게 되지만
익숙하지 않은 낯선 곳을 지날 때도 있다
그러다가 막힌 골목길에서 되돌아 나오기도 하고
때론 길을 잃고 아슬아슬하게

차도 쪽으로 빠져나올 때도 있지만

당황하기 보다는 이상스레 가슴이

뻥 뚫리는 듯 쾌감을 느낄 때도 있다

새로운 길의 발견을 휴대폰에 남기기도 하고 때로는

오래된 건물이나 내가 보기에

마음에 드는 피사체를 보면 어김없이 사진을 찍어둔다

그러며 내 자신에 뿌듯함을 느끼기도 한다

비가 더 많이 내리면 할 수 없이 우산을 펴고

걷기 시작하지만 그럴 때면

발걸음은 점점 더 느려진다

나는 남들을 의식하기보다는 남들의 그 낯선 시선이 좋다

때로는 무의식적으로 스쳐가는 사람들의 신발에

시선이 멈출 때도 있다

신발을 보며 상대의 마음이나 표정을 상상하기도 하면서

터벅터벅 걷다보면 그 발걸음 소리가

경쾌하게 들릴 때도 있지만 우울하게 들릴 때도 있다

나는 그 소리가 좋다

나는 걷는 것이 좋다

그것이 어쩌면 내 내면의 분위기 일지도 모르겠다

분위기에 약한 것은 여자들뿐만이 아니다

나 또한 그 누구보다 분위기에 약해

거짓말 조금 보태 눈가에 눈물을 글썽일 때가 많다

이처럼 비가 내리는 날이면 공원 벤치에 기대어 앉아

하늘을 바라보며 얼굴로 투두둑 떨어지는

빗방울의 감촉을 느끼기에 좋다

그리고 촉촉이 젖은 머리를 손으로 툭툭 털고

커피전문점에 들어가 음악을

즐기는 것 또한 즐거운 일일 것이다

커피 한잔을 곁들이며

거리가 훤히 내려다보이는 이층이라면 더할 나위 없이

분위기가 고조될 것이다

알록달록한 색상의 우산들 사이로 보이는 투명한 우산과

서로 막힘없이 걸어가는 우산들

그 사이로 우산을 쓰지 않은 채 걸어가는 여자가 보인다

마치 비 맞기를 즐기는 것처럼 절대 뛰지 않는 저 여자

발걸음이 나의 발걸음과 비슷하다

아니 닮았다

나는 지금 무작정 그 여자를 만나러 간다

같이 걷기 위해!

*

소설 속의 주인공이 되는 것이다

소설가 나,

주인공 나,

편집인 나,

펴낸이 나,

내 마음대로인 내 소설 속의 주인공인 나를

어떤 모습으로 꾸며볼까?

생각만 해도 낭만적이지 않은가?

내용은 해피엔딩일까?

아니면 새드엔딩일까?

가벼운 스릴러일까?

화끈한 액션일까?

진진한 SF일까?

촉촉한 판타지멜로일까?

초저녁 황혼의 숨결에 스스럼없이 잠들고 있는

호수를 바라보며

너를 생각하며 앉아 있다

우린 소설 속의 주인공이었을까?

우린 그저 소설 속에서도 거리를 지나가는 행인이었을까?

너무 지친 시간을 걸어왔다

소설 속의 주인공이 된다면 막상 가장 멋있고

가장 현명하며 가장 듬직한

기사가 되고 싶지만 그렇게 자신은 없다

사랑을 기억하고 있다

그렇다고 애써 사랑을 꾸미고 싶지는 않다

이별의 상처가 컸던 것도 그렇다고

아직 미련이 남은 탓도 아니다

거짓인 소설 속의 주인공은 그저 픽션일 뿐이고

나는 일상을 살아가고 있기 때문이다

소설 속의 나라 하여도 지금의 나와

별반 다를 것도 없을 것이기에

애써 주인공 따위에 집착하고 싶지는 않다

소설은 그저 소설일 뿐이기에

중요한 것은 꾸밈없는 현실의 나일 뿐이다

소설 속의 주인공을 잠시 접어 두고 나를 생각한다

삶에 지친 몸을 이끌고 평온함을 감미롭게 음미하며

나 자신을 한 번쯤

돌이킬 수 있는 여유로움이 나에게는 더 중요하다

어느 누구의 훼방도

시기도 존재하지 않는 지금의 이곳이 그저 좋다

코끝을 스치고 지나가는 계절의 향기로운 움직임과 함께

나를 되돌아보는 시간과 소리 없이 다가오는

풋풋했던 사랑의 향기들

지금 이 순간 스케치북이 있다면

나는 그 위에 아담한 집을 짓고

다하지 못했던 사랑을 그릴 것이다

호숫가 한쪽에 앉아 감상에 젖어 있는 그

그리고 잔잔한 음악이 흐르는 순간을 그려

그에게 가까이 다가갈 것이다

만약 노트가 있다면 한편의 아름답고 온화한 시를 써서

그와 함께 호수와 나무와 새들에게 부드러운 목소리로

읽어주는 모습도

그림 속에 입혀주고 싶다

여유로움이 있는 이곳

이곳은 휴식의 공간으로는 제격이다

가끔씩 피로한 몸을 이끌고 이곳을 찾는 나의 영혼은

부담스럽지 않은 이곳의 정취에 사로잡혀

나 자신을 다듬고 있다

한순간도 시간의 틀에서 벗어날 수 없는 도심 속의 나를

이 순간만큼은 잊어도 된다

적어도 이곳은 나에게 잠시의 행복을 서슴없이 빌려주곤 한다

나는 이곳을 사랑한다

나를 가다듬으면서 이런저런 생각으로 자유로워질 수 있는 곳

지나간 일들과 아프게 겪었던 사랑은

나를 더욱 강하고 성숙하게 만든다

여기는 그러한 곳이다

이곳에서 자신에 대해 조금의 시간을 배려할 수 있는 나를

이제는 사랑할 수 있다

혼자만이 아닌 그 누구와도

마음을 열고 이야기 할 수 있을 것 같다

이제는 나를 감추려 애를 쓰고 싶지도

그렇다고 애써 내 자신이 내 삶의 주인공이어야 한다는

강한 집착도 필요 없다

어차피 삶속에 내가 존재하며

그 삶은 물론 내 삶이지만 이제는 물 흐르듯이 흘려보내며

내 삶을 더 윤택하게 할 자신이 있다

폐쇄적인 삶은 괴로움과 두려움을 만들 뿐이지만

개방적인 삶은 나 자신을 좀 더

자유롭게 만든다는 것을 알았다

가끔은 연인들이 찾아와 둘만의 사랑을

속삭이기도 하는 이곳 그렇다고

연인들의 사랑이야기를 엿듣는 이 없다

굳이 연인들이 아닌 혼자라도 좋다

메마른 정서가 한순간 감성으로 젖어드는 이곳

이제는 이곳에서 애써 쓸데없는 주인공 타령은 하지 않는다

시간의 감성을 따라 흔들리는 데로 흔들리고
흐르는 데로 흘려보내면 그뿐이다
이곳에서는 그 어떤 것도 멈춤에 대해서 논하지 않는다
나는 그냥 그 흐름이 좋다

*

나는 이렇게 살아 있는 것만으로도 행복하다
이보다 더 행복하고 소중한 일은 없을 것이다
살아 있기에 이처럼 자유로울 수 있으며
살아 있기에 이처럼 많은 것들을
다시 느낄 수 있음이 감사하다
사소하고 소소한 것들
이를테면 자연스럽게 호흡을 할 수 있다거나
음식을 먹으면서 맛있음을 느끼는 것
행복할 때 웃을 수 있고
슬플 때 목 놓아 마음껏 울 수 있다는 것은
살아 있음의 존재 이유다
힘겨운 날이 있으면 반면 즐거운 날이 뒤따르기 마련이고
행복함이 있으면 반면 불행함이 뒤따르기 마련이다
만남이 있으면 이별이 다가 오듯이

지금 이 순간 아무리 불행하더라도

이 순간만 잘 이겨내고 살아가다 보면 즐거운 일이

다가오기 마련이다

그리고 그로 인해 그 불행했던 순간마저도

생각해 보면 자신에게

소중했던 시간이었음을 깨닫게 될 것이다

자신에게 닥친 일이 불행하다고

너무 빠르게 속단할 필요는 없다

그것은 그저 스스로를 괴롭히는 일 밖에는 되지 않는다

자신의 여유로움을 잃지 않고 스스로를 위해 노력하고

최선을 다한다면

그 노력의 대가가 주어질 것이다

나는 많은 것을 바라지 않는다

그저 내 삶의 소소함을 느끼며

나를 사랑하며 그런 나를 삶속에서

계속 만나고 싶을 뿐이다

나 스스로 여유롭지 않으며 시간에 얽매여

이러지도 저러지도 못한 채

조바심을 내고 채근한다면 하루하루가 만만치 않을 것이다

그러다 보면 스스로 자신감과

자신에 대한 매력도 쉽게 잃을 것이다

마음의 여유로움을 간직한 사람이라면
자신의 불행을 다른 상대에게
전가시키지 않을 것이며
소신껏 일을 처리하며 내일을 기대할 것이다
그런 사람일수록 휴식을 취하며 자신만만해 할 것이다
내일에 대한 희망과 그것에 대한 노력은 결코 나를
실망시키지 않을 거라고 나는 믿는다
당신은 근래에 하늘을 본적이 있는가?
나의 질문에 당신은 다시 이렇게 말할 것이다

"살아가기도 힘든 세상에
하늘을 볼 시간이 어디 있습니까?"

그렇다
삶을 살아가면서 우린 지쳐버렸는지도
혹은 중병이 들어 시들어 가고 있는 것인지도 모르겠다
어차피 힘겹게 노력하며 살아가고 있는 세상
굳이 자신을 그렇게 혹사시킬 필요가 있을까?
사소하지만 하늘을 본다는
하늘의 별을 본다는 것은 그만큼 아직 여유를
지니고 있다는 말이기도 하다

하늘을 본다는 것

잠시나마 자신을 돌이켜 생각해 볼 수 있는 좋은 계기가

될 수도 있을 것이다

자신을 그렇게 혹사시키다가는 얼마 가지 못하고

지치고 말 것이다

지금이라도 자신에 대해 소중함을 지닐 수 있다면

당신의 미래는

행복함을 느낄 수 있을 것이며 더 큰 만족을 스스럼없이

받아들일 수 있을 것이다

그러다 보면 살아 있음의 행복과 의미를 알게 될 것이다

어쨌든 살아 있음이 그 무엇보다도 좋다

때론 지난 기억 속 멀리 떠나간 이들이 생각날 때도 있지만

속 시원히 울어버리고 나면 그만이다

나는 이 삶을 마음껏 만끽하며 느끼고 싶다

당신은
당신 자신을...

당신의 마음입니다
내가 당신의 마음을 안다는 것은
당신의 아픔을 모두 이해한다는
것이 아닌 어느 정도 이해할 수 있다는 말입니다
당신은 그런 나를 오해해서는 안 됩니다
당신은 나에 대해 건방지다고 말할 수도 있겠지만
그것은 건방진 것이 아니라
당신에 대한 나의 관심이며 믿음 때문입니다
나는 오직 당신을 위해 마음에서 우러나오는 조언을
하고 싶을 뿐입니다
예전의 당신은 매우 건강하고 자신을 아낄 줄 아는
사람이었습니다
누가 보아도 호감을 느낄 수 있는 나의 자랑스럽고
다정한 벗이었습니다
그러한 당신이 어느 날부턴가 자신을 학대하며
주위의 모든 것을 부정하기 시작했습니다
예전의 당신은 자신에 대해 그 누구보다도 철저했으며

자신의 실수에 대해서도 변명한다거나 남을 탓하지 않았으며

그러한 것을 절대 용납하지 않았습니다

실연으로 인한 당신의 아픔을 그 누구보다도

나는 잘 이해합니다

당신이 괴로워하던 실연의 그 순간

당신 곁에 가장 가까이 있던 나로서는

담담할 수밖에 없었지만 우리는

서로의 우정을 새삼 느낄 수 있었습니다

그리고 우리는 약속했습니다

그 순간부터 자신에 대해 더욱 용기를 지니며

책임을 다할 수 있는

사람으로 성숙하길 굳건히 다짐했었습니다

한 사람을 사랑하고

그 사랑하던 사람으로부터 이별을 했다고 자신을

책망하고 깎아 내릴 필요는 없습니다

압니다

슬프고 괴롭고 힘든 일이라는 것을

나 또한 실연으로 인하여 절망 속에서 속절없이

숨죽이던 사람이었기에

당신의 상처받은 가슴이 쉽게 아물 것이라고

생각하지 않았지만

이렇게 오랜 시간 동안 당신이 절망과 고통의 늪에서
발버둥치고 있으리라고는 생각지도 못했습니다
그와 아울러 내가 당신에게 소홀했다는 것이
부끄럽기만 하고 당신의
참사랑을 등지고 떠나간 그 사람이 얄미울 따름입니다
당신을 편안하게 만들어주지 않는 당신 자신은
그 얼마나 괴롭고 답답하겠습니까?
당신 주위에서 지켜보던 나로서도 마음이 편하지 않은데
당신은 오죽하겠습니까?
예전 당신의 모습에서 찾아볼 수 있었던
건장함과 철두철미함은
이미 당신에게서 느껴지지 않습니다
지금 나의 곁에 있는 사람은 생소한 사람이며 낯선 사람이고
나약한 사람입니다
그러나 늦지 않았습니다
당신에게는 앞으로도 많은 행복이 남아 있습니다
그러한 당신의 삶을 엉망으로 만들기에는 아직 이르며
아까운 일입니다
당신은 자신을 용납하고 다시금 지난 시간들을
되돌아보며 스스로를
느껴야 하고 다독여야 합니다

너그럽게 삶을 대처해 나가야 합니다
발랄하고 티 없이 맑고 순박했던 어린 시절을 돌이켜 보세요
아직도 당신과 나의 약속은 유효합니다

당신의 마음 압니다
그러나 이제는 망설여야 할 시기는 지났습니다
나를 실망시킬 건가요?
당신을 믿고 있는 나에게 이제 더 이상 부끄러움 같은 건
내보이지 마세요
당신은 무한한 가능성이 자신의 가슴 속에서 불타오르는 것을
외면하여야 할 이유가 없습니다
왜 자신을 미워하고 원망합니까?
그래야 할 이유는 없습니다
누구든 겪는 일 너무 거창하게 포장하고 있다고
생각하지 않나요?
내가 당신에게 마지막으로 바라고 싶은 것은 밝고 맑은 예전
그대로의 모습이며 오랜 시간동안 쌓아온
당신의 인성을 알아봐 줄
상대를 만나는 것입니다
구차하게 포장된 실연에서 이제 깨어나는 겁니다
당신이 하여야 할 일은 다시 당신의 예전 모습으로 되돌아가

악몽을 꾸었을 뿐이라며 훌훌 털어버리는 겁니다

*

당신은 이미 그 사람의 당신이 아닙니다
당신이 앞으로 하여야 할 일은 당신이 예전 그 사람의 당신이
될 수 없다는 것을 자각하고 깨닫는 것입니다
그것이 이 순간 당신에게 주어진 과제이며 숙제인 것입니다
당신은 그 사람에게서 떨어져 나와
새롭게 자신을 내세워야 하며
끈질긴 의지와 투지로 자신을 일으켜 세워야 합니다
만약 그것을 어기고 자책하고 주눅 들어 자신을 괴롭힌다면
당신은 결코 예전의 당신으로 되돌아 갈 수 없을 뿐더러 결국
나태하고 꼴불견인 당신을 발견하게 될 겁니다
당신은 무한한 잠재력을 지니고 있습니다
그런 자신을 당신은 스스로 사랑하지 못합니다
스스로를 사랑할 수 있을 때
상대도 아끼고 사랑할 수 있는 겁니다
당신은 사랑에 너무 주관적이었다는 것을 인식해야 합니다
그 주관적인 사랑이 집착을 만들고
자신을 시들게 만들고 그로인해

삶이 공허하게 느껴질 겁니다

사랑은 언제나 맑아야 합니다

그 누구에게도 특권은 없으며 잘못된 엉뚱한 생각이 사랑을

육체적 쾌락의 수렁으로 빠져들게 만들 겁니다

인간이라면 누구나 사랑할 권리가 있지만

삐뚤어진 사랑은 결코

사랑이 될 수 없으며 서로 힘들어질 뿐입니다

서투른 판단으로 자신을 빠져나올 수 없는 수렁 속으로

밀어 넣고 싶지는 않을 겁니다

한 번의 실패로 자신을 학대한다면 당신은

사랑할 자격이 없는 사람입니다

인생에는 수많은 실패가 있습니다

그와 더불어 수많은 성공도 있습니다

아직은 이른 시기입니다

당신의 짝은 아마도 따로 있을 겁니다

당신이 알아봐 주길 바라면서

어디에선가 간절히 당신을 기다리고

있을 테지만 미처 당신이 발견하지 못했거나

알아보지 못했을 겁니다

그것도 알지 못하면서 당신은 헛된 망상에 사로잡혀

자신을 자학하고 학대하고 있습니다

흥분과 설렘이 그립지 않으세요?

실패를 계기로 자신을 되돌아 볼 수 있다면

당신은 사랑할 용기가

생길 것이며 한층 더 성숙함을 느낄 수 있을 겁니다

이제 준비가 되었나요?

그럼 어둠에서 벗어나 자신을 내세워 맑고

화사하고 따스한 봄날 같은 사랑을 즐겨보세요

당신은
이미 나의...

나의 존재를 송두리째 빼앗아간 당신은

이 세상에서 나의 하나밖에 없는 진실한 믿음이며

삶의 방향입니다

그만큼 나 또한 거짓 없이 당신에게 다가가고 있습니다

소홀함을 느끼지 못하는 믿음으로 서로의 빈자리를

메꾸어 나가야 합니다

그 누구도 다가와 이간질 시키거나 우리의 사랑을 넘볼 틈을

보이고 싶지 않습니다

그것은 사랑이 우리에게 주어진 한 갈래인 반면

우리가 갖추어야 하는

필수적인 책임이며 매개체이기 때문입니다

우리는 우리의 사랑이 진실함으로 이루어진 것을 알아야 하고

한 마음이라는 것을 소중히 아끼고 감싸며

영원을 기약해야 합니다

그것은 무언의 약속이기 이전에 우리에게 필연으로

이어진 사랑의 끈이 이어져 있기 때문입니다

그것이 지켜지지 않을 때 우리는 우리에게 주어진

소중한 삶의 한 갈래를

잃는 오류를 범하게 될 겁니다

또한 우리가 약속했던 행복의 전재가 허위라는 것을

증명하는 꼴입니다

서로에게 아픔과 슬픔을 일방적이든

아니든 간에 나누어 주고 싶지는

않을 뿐더러 그러한 생각을 하는 것조차 끔찍합니다

누구의 잘못을 따지며 싸우고 전가시키는 것 역시

있을 수 없는 일입니다

우리의 사랑을 애써 거짓이라고 속에도 없는 말로

포장하고 싶지도 발뺌하고 싶지도 않습니다

앞으로 우리에겐 시기와 질투가 많을 겁니다

그러한 것으로 흔들리고 싶지 않으며 굳건히 지켜나갈 겁니다

서로를 굳이 힘들게 하여야 할 이유는 없습니다

아직도 많은 고뇌를 겪어야 하는 우리이기에 서로에게

진심과 믿음을

진실하게 보여준다면

우리에겐 아무 걱정도 시련도 없을 겁니다

중간에 주저앉고 싶은 생각은 없습니다

우리는 서로에 대한 사랑의 위치를 존중해야 합니다

누구로부터의 강요도,

일방적임도 아니어야 하며 우리 서로의 가슴 속에서
우러나오는 사랑으로 진실함을 잃지 않으려 노력하겠습니다
당신은 이미 나의 보금자리이기 때문입니다

그대를 나의 보금자리로 여기기까지
그 많았던 아픔의 성숙을 비로소
완숙시킬 수 있었습니다
그대 또한 그랬으리라 생각해 봅니다
성숙해지기 위해 우리는 너무도 많은 희생과 아픔을
치러야 했습니다
그것으로 우리는 성숙할 수 있었고 그와 동시에 많은 것을
깨달을 수 있었습니다
우리는 그러한 아픔을 이겨내고서야
이렇게 서로를 존중하고 아끼며
소중한 존재로 남을 수 있었습니다
그것은 당신도 부정하지 않을 겁니다
그렇습니다
우리는 너무도 바라던 길을 여기까지 힘들게 걸어왔습니다
만약 당신을 만나지 못했다면
나는 벌써 시들어 무감각한 삶을
외롭게 걸어가고 있었을 겁니다

이제부터 우리의 인생은 본격적으로 시작을 알리는

신호를 받았습니다

그러나 그것이 끝은 아닙니다

더 많은 고통과 슬픔이 우리를 괴롭힐 겁니다

삶은 우리가 생각하는 것처럼 결코 만만한 것이 아니며

언제 불쑥 우리를 노릴지 모릅니다

그리고 그것을 이겨낼 때마다 우리는

삶의 가치를 느끼게 될 겁니다

우리는 그 누구에게도 뒤지지 않을 사랑과 행복을

일구어 나가야 하며

남을 부러워하거나 시샘해서는 안 됩니다

남을 비교하다 보면 우리의 행복이 작아 보일 수도

있기 때문입니다

우리는 너무도 많은 기다림을 보낸 후에야

만날 수 있었습니다

그 기다림을 헛되이 하고 싶지 않고

그 기다림만큼 당신이 소중한 겁니다

이제 시작입니다

둘이 아닌 하나로 새롭게 시작하며

우리의 꿈을 이루어 나갈 것을 다짐합니다

우리의 꿈이 이루어질 수 있을 때

우리가 가꾸는 정원과 나무에서
사랑 가득한 열매를 수확할 수 있을 겁니다
그리고 그러한 것을 주변의 많은 사람들에게
나누어 줄 겁니다
우리 그러한 꿈들을 위해 서로 노력해 나갑시다
서로의 곁에서 영원히 사랑을 속삭입시다

*

힘에 겨워 내 자신이 초라해지는 날이면
모든 것을 제쳐두고 어디론가 떠나고 싶어집니다
부담 없이 여유로움을 느낄 수 있는 곳
하루 종일 멍 때리고 있어도 그 누구도 신경 쓰지 않는 곳
그렇게 일상에 연연하지 않는 곳
그곳에서 피로에 지친 나의 몸을 가냘픈 멜로디의
리듬으로 촉촉하게 적시고 싶습니다
그저 아무 생각 없이 편안함을 느끼고 싶을 뿐입니다
잠시나마 다람쥐 쳇바퀴 같은 일상에서 벗어나
모든 것을 잊고
나에 대한 소홀함을 탓하며 시간에 얽매이지 않고
음악을 들으면서 명상을 즐기고 싶습니다

한권의 수필집을 몇 번이고 되풀이해서 읽을 수 있는

느림을 느끼며 오후 나른해진

몸을 가볍게 의지할 수 있는 포근한 흔들의자가

있었으면 좋겠습니다

그러다가 언제든 되돌아올 수 있는 그런 곳

언제라도 부담 없이 다가설 수 있으며

언제라도 부담 없이 벗어날 수 있는 곳

언제라도 나를 위해 항상 문이 열려 있는 곳

그런 곳을 나는 당신의 품이라 이르겠습니다

그렇습니다

당신의 품은 포근하며 그 어떠한 부담을 주지 않습니다

당신은 나를 위해 언제나 배려하며 진심으로 감싸줍니다

그러한 당신에게서 편안히 쉴 수 없었다면

나는 아마 일상에 지친

초하하고 나약한 모습으로 겨우겨우 버텨내고 있었을 겁니다

당신의 가볍고 환한 미소는

나의 지친 몸을 순식간에 회복시켜

다시 일어 설 수 있는 힘과 의지를 지니게 합니다

당신은 나의 가장 넓은 마음의 숲입니다

숲의 평화를 지닌 아름다운 요정과도 같습니다

당신은 그 숲에 상상도 할 수 없는

많은 것을 만들어 놓기도 합니다
꽃밭을 만들기도 하고 때로는 드넓은 호수를 만들기도 합니다
그리고 꽃밭의 향긋한 향기로
나를 은은하게 유혹하기도 합니다
당신은 내가 편히 쉴 수 있는 공간을 애써 꾸미지 않습니다
당신은 있는 그대로의 꾸밈없는 모습으로 나를 받아들입니다
그러한 당신이 너무나도 사랑스럽습니다

*

불행한 일을 겪게 되거나 행복한 일을 겪게 되면 제일 먼저
당신을 생각하게 됩니다
불행한 일을 겪었을 때 좌절하고 실의에 빠져 있기보다
당신으로 하여 이렇게 무너질 수 없다는
생각에 다시 힘을 내어 걷게 됩니다
당신으로 하여 나약해질 수 없는 나 자신을 발견하게 됩니다
그렇게 당신은 내 힘의 원동력입니다
행복한 일이 생기면 당신 먼저 떠오릅니다
그것은 그 누구보다도 더 당신이 즐거워 해줄 것이라는
것을 알기 때문입니다
당신은 그처럼 어느새 나의 모든 것을 함께 하고 싶은

대상입니다

그처럼 당신은 나를 자유자재로 움직일 수 있는 힘을

지니고 있습니다

나만의 소중한 존재로 내 곁에 위치한 당신만 있다면

내 모든 것을 잃는다 하여도

나는 다시 일어설 수 있을 것입니다

당신이 내 곁에 있는 것만으로도 나는 충분하기 때문입니다

더 이상 욕심은 없습니다

더 이상 그 어떤 욕심을 내겠습니까

당신으로 인하여 나는 무한한 가능성을 지니게 된 것입니다

그만큼 당신이 나의 뒤에서 혹은 앞에서

나를 이끌어주기도 하며

뒷받침 해주기도 합니다

그러한 당신 앞에서 나약함이란 존재할 수 없으며

나는 더 강해집니다

무엇을 하든 어떠한 어려움이 있든 간에

나는 이겨낼 수 있습니다

당신은 이제 나에게서 거짓일 수 없습니다

방황하고 싶은
계절에는...

비가 내리는 오후
무작정 정처 없이 발걸음을 옮기며 스스로 망가지고 싶다
이유는 없다
우산도 쓰지 않은 채 마냥 거리를 걸을 것이다
끝이 보이지 않는 길이 될 것이며 나는 지칠 때까지
걸을 것이며
몸이 만신창이가 되도록
걷고 또 걸으면서 오기만 남은 나를 발견하고 싶다
비가 그치지 않고 계속해서 내린다고 포기하지 않을 것이며
비에 흠뻑 젖어 체온이 급격하게 떨어지더라도
계속해서 걸을 것이다
차차 꺼져가는 영혼의 마지막 몸부림처럼
겁 없이 걸을 것이다
아무런 목적도 없이 초췌해진 나를
나 아닌 또 다른 나의 시선으로 나를 보고 싶다
겨우겨우 몸을 지탱하며 쓰러지는 한이 있더라도
포기하지 않고 걸을 것이다

너무 지쳐 움직일 수 없을 때까지 걷다가 쓰러지면

악착같이 일어나 다시 걷겠지만

그것도 안 된다면 길 위에 누운 채

그때 생각할 것이다

빗물이 눈앞을 가리더라도 하늘을 향해 두 눈을 부릅뜨고

나 자신에게 물을 것이다

도대체 내가 여기까지 무엇 때문에 걸어 왔는가?

도대체 내가 누구이기에 이곳에 이렇게 초라하게

나뒹굴고 있는가?

도대체 나의 존재가 무엇이기에 이렇게 한없이

힘들게 괴로워하고 있는 것인가?

나에 대한 의문들을 속속 꺼내 놓을 것이다

그러고도 답을 내릴 수 없다면 또다시 자리에서 일어나

한도 끝도 없이 걸을 것이다

누가 나에게 손가락질하며

머리가 어떻게 된 것 아니냐며 비아냥거려도

뒷걸음질 치지 않고

아랑곳하지 않고 외면한 채 나의 길을 걸을 것이다

중요한 것은 남들의 시선이 아니기 때문이다

오직 나의 시선만으로 나의 존재를 부각시키고 싶다

나는 나의 방황을 부정하고 싶지 않다

만약 그것을 부정한다면
나는 나이기를 부정하는 것이며 스스로를
외면하는 것이기 때문이다
나이기를 거부하고 싶지는 않다
나의 시선은 '도대체 나는 누구인가?' 에 대해 집중해야 한다

＊

창백한 가을하늘 아래
자유를 만끽하듯 낙엽이 바람에 한없이 휘날릴 때면
나의 위치를 부정하고 싶어진다
어딘가로 나를 옮겨 놓는 것이다
덜컹거리는 비포장 길을 달리는 버스 안
사람들이 데면데면 앉아 있는 고속열차 안
높은 파도에 넘실거리는 요트 안
한없이 떠오르다가 한없이 떨어질 것만 같은 비행기 안
그것도 싫증나면 어디든 내려
홀가분한 마음으로 나를 던져 버릴 것이다
무엇을 하든 마음가는대로 행동할 것이며 조급함을
던져 버리고 나 자신과의 대화를 할 것이지만
이기적이고 싶지는 않다

나의 또 다른 나

뒤는 돌아보지 않고 앞만 보고 걸어온 나와

그 뒤에 남겨져 시간의

저편으로 그저 쌓일 뿐인 나를 돌이켜 볼 것이다

앞으로 얼마의 시간이 지나든 나와의 대화는

그럴만한 가치가 있기 때문이며

앞으로 걸어 가야할 길을 다시 제시할지 모를 일이다

또 다른 나

그 녀석을 생각한다

묵은 시간 속에 존재하는 녀석이며

부정할 수 없는 나의 자체지만 마치

나에게서 떨어져 나간 나인 녀석이 한순간 가여워 진다

가을 햇살 아래 스스로 동떨어져간 나의 나를 모은다

대화가 뜸하면 나른함에 꾸벅꾸벅 졸기도 하지만

그 녀석이 나에게로 와 다시 흔들어 깨운다

녀석과 참 많이도 걸었다

그런데 이제는 쌓이는 시간만큼 흐릿해지는 녀석들도 있다

돌이키려하면 점점 막연해지는 시간들 속에서

나는 잠시 위축되기도 하지만

그렇다고 나를 찾는 것을 포기하고 싶지는 않다

시간 저편의 녀석은 이제는 내가 필요 없을 것이지만

나는 그 녀석들이 절실하게 필요하고 그립다

그 시간의 마디마디 마다 이미 존재해 버린 나

그때로 되돌아가고 싶어도 갈 수 없지만 그때로 돌아가 나를

나의 방향을 살짝 틀어 놓고 싶어진다

나에게서 이미 벗어난 녀석은 아쉬울 것 없이 먹먹하게

그 자리에 존재하고

있을 뿐이지만 지금의 나는 아직 걸어가야 할 의미가 있다

그래도 과거로 되돌아갈 여행편이 있다면 한 번쯤

되돌아가 그때의 내 모습을

나 자신이 아닌 삼자의 입장에서 기웃거려 보고

싶은 마음이다

나를 부정하고 싶은 날이면 아무도 모르게

훌쩍 떠나곤 하지만 그때마다

마주치는 나는 시간이 지날수록 자꾸만 나를 밀어 낸다

나는 나의 나가 아니라고!

그래도 언제나 나였음을 자각하지만

지금의 나는 너무도 많이 변하여

예전 나의 모습을 찾아 볼 수는 없다

그래서 까마득해진다

시간을 거스를 수 없어 낡아 가는 나

그렇다고 연약해지고 싶지는 않다

나는 점점 성숙해지는 것이며 또 노련해지는 것이다
나라는 존재는 열매가 되어가는 것이다
그 열매의 크기를 가늠해 본다
이 무료한 가을의 한 장면이 저무는 순간
나는 나의 일상에서 잠시 툭 떨어져 나왔지만
다시 아무 일 없었다는 듯
되돌아가 존재할 것이다
그 전에 다시 나를 생각한다
나라는 열매는 어떠한 맛일까?
참 맛있는 열매였으면 좋겠다

*

소홀해지고 싶다
문득 방황을 생각한다
이 계절에
거기에는 하나의 이유가 덧붙는다
겨울에는 너무 추워서 너의 곁을 벗어나
방황을 꿈꿀 여유가 없기 때문이다
겨울에는 너의 옆에 붙어 추위를 녹여야 하기에
그런데 왜 하필 가을이냐고?

그냥 내가 좋아하는 계절이기 때문이라고 말하면

어이없어 할까?

아무튼 겨울에는 혼자 돌아다니는 것이

초라하고 쓸쓸하게 보일 것이다

네가 나를 놓아주지 않는다 해도 나는 너의 곁을 벗어나

가벼운 옷차림과 발걸음으로

너의 곁에 존재하지 않는 나를 생각한다

슬프지도 않으면서 슬픈 척하고

외롭지도 않으면서 외로운 척하고

괴롭지도 않으면서 괴로운 척하고

그다지 행복하지도 않으면서 행복한 척하며

나를 멋대로 내세우고 싶다

그럴 때는 네가 나를 못 본 척 해줬으면 좋겠다

내 마음을 너에게 들키고 싶지 않으니까

거칠고 때론 수척하며 메마른 나의 모습을

한 번쯤 생각해 본다

깊은 산속 산사에 나를 숨기고

너에게서 나를 떼어내 너의 소중함을 가슴에

꼼꼼히 담고 싶기도 하고

아무 생각 없이 바람 소리도 듣고 싶다

풍경 속에 산사의 풍경이 흔들리는 소리는 맑고

경쾌할 것이다

네가 조바심 내라고 연락도 없이 꼭꼭 숨어버릴지도 모른다

그러나 애태우기 없기!

너에게 소홀한 것이 밀고 당기려는 의도는 아니다

나의 방황이 의미 없음을 알게 된다면

너는 헛웃음만 나오겠지만

때로는 나도 심각하고 싶을 때가 있기 때문이다

그런 나를 네가 신경 쓰지 않는다면 서운하겠지만

뭐 감수해야할 일이다

방황이 끝나는 날부터 나는 몇 날 며칠 곯아떨어질 것이며

다시 깨어났을 때 너에게 제일 먼저 전화를 할 것이다

물론 너의 소홀함과 방황을 나 또한 탓하지 않겠다

되돌아 왔을 때 반갑게 맞이해 주면 그것으로 나는 족하다

너도 그랬으면 좋겠다

그러니까 오해하기 없기!

바보처럼 조바심 내기 없기!

속 좁게 토라지지 않기!

거짓 없이
나를 채우고...

자연을 벗 삼아 한층 더 자유로워지고 싶습니다
한적하고 아늑한 곳에 자리를 깔고 앉아
바람에 하염없이 숨쉬는
자연의 소리를 가슴 활짝 열고 호흡하고 싶습니다
어린 시절 뛰어 놀던 들과 산을 떠올리면
너무도 멀고 아득하게만
느껴지지만 그래도 그 동심을 한껏 일으켜 세워 봅니다
여유 없는 시간 속에 얽매여 존재하는 내가 아닌
지금 이 순간만큼은 그저 자유롭고 싶고
조급한 마음 따위는 훌훌 벗어버리고 싶습니다
배낭을 메고 훌쩍 떠납니다
추억속의 향기를
그 익숙함의 나를 꺼내어 자연 속에 아무 거리낌 없이
풀어 놓으면 때 묻지 않은 어린 내가
나의 옷깃을 살짝 스치고
지나쳐 가며 깔깔깔 웃어댈 것만 같습니다
배낭 속에서 어린 시절 추억이 물씬 풍기는

일기장을 꺼내 읽으면 엉뚱함에

웃음이 터져 나오지만 마음은 가벼워집니다

한 호흡 가볍게 발걸음을 옮기면 머지않아

여유로움과 설렘이 가슴에

어우러져 한결 편안해 집니다

가슴 속에 응어리져 있던 무언가가 툭툭 떨어져 나가는

기분에 몸은 점점 더

깃털처럼 가벼워지며 뿌듯해지는 기분이 듭니다

시냇물에 발을 담그고 앉아 어린 시절 즐겨 부르던

동요를 부르기도 하며

중간중간 떠오르지 않는 가사를 끼워 맞추며 동심으로의

여행을 즐깁니다

산들바람에 사르르 감겨오는 휴식을 취하며

느림의 미학으로 소리 없이

빠져들면 시간에 쫓겨 바쁘기만 했던 나를 책망하게 됩니다

마치 나만을 위해 존재하는 것처럼 모든 것이

내 위주로 흐르는 흐름들이

낯설지만은 않습니다

도시에서 느끼지 못하는 아름다움에

도시의 흐름은 초라하게 변하며

멀리 동떨어져 나가고 더욱더 자연을 만끽하고

싶은 마음에 절로 흥이 납니다

그렇다고 과한 욕심을 부리지는 않습니다

다시 생활의 한구석 나의 보금자리로 스며들어야하기

때문입니다

꾸밈없는 이 풍경들을 가슴에 가득 담아가면 그만입니다

그리고 삶에 지쳐 이곳이 그리우면

그때 또 찾아와 이 여유로움을

받아들이면 그것으로 만족할 수 있어야 합니다

이 여유로움에 감사할 따름입니다

꾸밈없는 있는 그대로를 가득 채우면 몸과 마음은

어느새 바람을 따라

스스럼없이 흐르고 또 하나가 됩니다

더 이상
자신을 회피할 이유는...

언젠가 당신은 젊음을 객기로 반항했을 때가 있었습니다
그로부터 벗어나지 못하는 자신이 싫어서 서슴없이 바보 같은
짓으로 자신을 증오했던 적이 있었습니다
하지만 이제는 그러한 짓들을 무책임하게 저지를 때가 아님을
알아야 하고 또 자신의 자아를 찾아야 합니다
이제 더 이상 회피할 이유는 없습니다
당신의 모습은 당신 자신의 본 모습이 아니었으며
오직 그에 대한
본능적인 집착에 불과합니다
한 번도 자신에 대한 성찰을 자랑스럽게 느껴보지 못한
당신은 그저 한심할 따름입니다
자아실현의 의미는
아마도 당신 자신의 모습을 부정하지 않으며
진정으로 성찰할 수 있을 때 가능하리라 생각됩니다
자신에게 버림받은 세월을 진정으로 반성할 수 있는
용기를 지녀야 합니다
당신에게 버림받은 세월은 절대 허무할 수만은 없습니다

자신을 돌이키게 해준 그에 대해서도 고마움을 지녀야 합니다

그 많은 시간 동안 당신을 괴롭히던 그것은

그로부터 시작된 것이

아니라 바로 당신으로부터 시작된 것이며 또한 당신으로부터

결말 지어야 할 문제입니다

한 번쯤 홀가분한 마음으로 그를 떠올려 보세요

당신의 기억 속에 이제는 허상으로 자리하고 있는

그의 모습을

잊을 수 있게끔 자신을 컨트롤 해보세요

아마 당신이 생각하고 있는 것보다도

더 쉽게 그를 지울 수 있을 겁니다

당신은 다만 자신의 속박으로 인해 그에게서 벗어나길

주저하고 있었던 겁니다

이제 당신에게 남은 것이 있다면

그동안 미루어 두었던 자아를 일으켜

세우는 것입니다

그리고 당신에게 버림받은 당신 자신을 사랑해야 합니다

그럴 때 당신을 괴롭히던 모든 것에서 벗어날 수 있으며

홀가분해진 마음으로 자신의 능력을

최대한 발휘할 수 있을 겁니다

당신은 분명 사회에서 가장 쓸모 있는 사람으로

성장할 수 있으며

당신의 위치를 굳건히 할 수 있을 겁니다

내가 당신에게 해 줄 수 있는 것이라곤 그저 옆에서

지켜보는 것 뿐입니다

이제 당신은 자신을 믿어야 합니다

당신 자신을 믿고 이끌어야 합니다

최선을 다해 노력을 하다보면 당신의 곁에

새삼 다가와 있는 한 사람을

피부로 절실히 느끼게 될 겁니다

*

어느새 나의 앞에는 가득한 허무함으로 비참해하는

그가 고개를 한없이 떨군 채 초췌하게 앉아 있었다

나의 괴로움은 아랑곳하지 않은 채 마치 삶을 잃은 것처럼

자신만을 내세우며 앉아 있는 그의 모습이 씁쓸하기만 했다

밖에는 눈이 내리고 있었고

연말연시의 분위기와 술에 취한 몇몇 사람들은

웃음 가득한 대화를 나누고 있었고 그들에게서 우리는 잊혀진

존재에 불과했다

그도 나도 각자의 근심에서 벗어나지 못한 채

한동안 앉아 있었다

같이 있었지만 우리 사이에는 보이지 않는 벽이

존재하고 있었다

나는 무심코 핸드폰을 꺼내 혹시나 하는 간절한 마음으로

입력되어 있는 연락처를 터치하며

저편의 의식을 감지하기 위해 귀 기울인다

수화기 저편에서 들려오는...

–없는 국번이거나 잘못된 전화번호이니 다시 확인하신 후
  에 걸어주십시오

잠시의 흥분을 한숨으로 일단락하며

나는 미련의 여운으로 스르르 자지러든다

바보 같은 일이기는 하지만 나의 기억 속에 자리하고 있는

그를 이 순간 다시금 되새기고

그것으로 자신을 위로하고 싶었다

그를 그리워하는 나의 애절함이 가엾게 느껴지기 보다는

스스로 어이없고 바보처럼 느껴지는 순간이다

이미 오래전에 전화번호의 행방이 묘연했던 것을

알면서도 전화를 걸며

흥분하는 나는 그저 혹시나 하는 설렘으로

잠시 스토커가 되었다

그가 나에게 그토록 절실한 존재란 말인가?

이해할 수 없는 일이다

바보 같은 짓을 서슴없이 범한 나를 질책하며 다시 고독의
울타리로 나를 감춘다

이러한 헛된 일로 나의 젊음을 허비하지 말자 라고 스스로
결심하기도 하지만 힘겨운 일이 생기거나 내 모습이
측은하게 보일 때면

그는 여지없이 나의 곁에 허상으로 존재한다

나에게는 이해할 수 없는 사람으로 자리하고 있는 그

그를 알고 싶다

이렇게 고통스러워야 할 이유가 정작 무엇 때문인가?

그것은 사랑의 본질만으로 충분한 해답을
얻을 수 있을 것이다

삶의 방향을 모두 잃은 냥 그는 여전히 내 앞에 앉아 한없이
고개를 떨군 채 얼굴을 보여주지 않고 있다

그와 나 사이에는 깊고 가느다란 한숨만 번갈아
쏟아져 나오지만 이것도 한때일 것이다

한 번쯤은 겪을 만한 열병을 어찌됐든
우리는 마주하고 있는 것이다

그리고 훌훌 털어버리고 일어서면 되는 것이다

*

그에게서 당신은 이미 과거의 허물일 뿐입니다

그렇지만 그와 달리 그는 당신에게 상당한 힘을

발휘하고 있는 대상인 것은 분명합니다

그와의 마지막 만남 이후 당신에게는 많은 변화가

자신도 모르게 일어나고 있습니다

미숙한 그와의 만남을 당신은 추억으로 접어두려 합니다

그러나 당신의 의지와는 달리 힘겨운 나날 속에 그의 의미는

급속하게 대두되고 있습니다

그는 당신의 모든 것이었고

당신의 그리움은 더 더욱 걷잡을 수 없이

커져만 갑니다

당신은 그와의 관계를 애써 부정합니다

그래서 당신은 점점 병들어가지만 그것조차도 인정하지

않은 채 자신을 자책합니다

그저 옷깃만 스치고 지나간 인연이었다고 생각하면

그만인 것을...

당신의 가벼운 집착은 이제 걷잡을 수 없는 직접적이고

병적인 집착으로 변해가고 있습니다

자신은 더욱 혹사시키며 망가져가면서도 당신의 의지는

오직 그에게로 향하고 있습니다

당신의 신경변화는 급속도로 악화되어 술에 흠뻑 젖지 않고는
감당하기 힘들 정도입니다

알게 모르게 그와의 관계는 당신의 지난한 집착으로 인하여
지속되고 있는 것입니다

그것을 말면서도 당신은 자신을 자꾸만 포기하려 합니다

굳이 그래야 할 이유가 없음을 인정하지 않으며 스스로 자신을
망가뜨리고 있는 것입니다

당신은 지겹도록 그를 원망하지만

그것은 그의 전적인 잘못이 아님을

알아야 하며 당신의 그리움을 그의 책임으로 전가시키려는
것은 한참 어긋난 일입니다

문제는 당신입니다

당신 자신의 집착이 스스로의 속박으로 단정되지 않는다면
영원히 그의 틀에서

당신이 만들어 놓은 울타리를 허물 수 없을 겁니다

이 순간을 극복하지 않고서는

당신은 그 어떤 일을 하더라도 자신을 만족시키지
못할 것입니다

돌이켜 보면 그는 당신에게 성숙의 계기를 본의 아니게
제공한 것입니다

그리고 당신에겐 그것을 극복해야 할 의무가 할당된 겁니다

훗날 후회하지 않으려면 당신은 자신을 위해

최선을 다해야 합니다

이제 아플 만큼 아팠습니다

그러면 됩니다

이제는 당신의 집착을 가위로 싹둑 잘라버릴 때입니다

그것은
짝사랑에...

당신은 언제나 그의 앞에서 자신을 내보이길 꺼려했으며 그는
그러한 당신을 무관심의 대상으로 생각하고 있었습니다
마음 약하고 소심한 당신은 그녀가 상냥한 표정을 지을 때면
덩달아 설레며 당신을 마음에 두고 있을 거라는 착각을 하고
있었습니다
몇 마디의 대화와 한통의 편지가 당신과 그에 대한 관계의
모든 것이었습니다
의미 없는 눈맞춤으로 당신의 오해가 비롯되었지만 당신은
인정하지 않았습니다
관계 아닌 관계일 뿐 그 이상도 이하도 아닌 것을 당신은
받아들이지 않았습니다
그가 가까이에 없다는 것을 알았을 때에
비로소 당신은 용기를 내기 시작했으며
그를 찾기 위해 안간힘을 쓰기 시작했습니다만
그것은 때늦은 후회만을 남겨 놓았습니다
당신은 허전했습니다
그가 없는 당신은 그저 세상의 모든 것을 잃었다고

생각했습니다

일이 손에 잡히지 않았고 그에 대한 생각으로 일상은 그저

무기력하기만 했습니다

그 어떤 일도 할 수가 없을 것 같았습니다

당신은 마치 넋 나간 사람처럼 단 하루도 그의 생각에서

벗어날 수 없었습니다

그것이 시작이었을 겁니다

그에 대한 새로운 감정들과 미련, 그리고 그리움이 현재까지

계속해서 이어지고 있는 것입니다

지금 당신은 그것을 부정하고 있지만 당신도 모르는

사이 다른 형태로 자신과 연관 지으며

시간을 낭비하고 있는 것입니다

그리고 자신의 진정한 모습을 잃어가면서도 정작 당신은

그것을 알지 못합니다

그저 희박한 바람으로 당신은 자신에게 소홀하고 있는 겁니다

하지만 훗날 먼발치에서 당신 자신을 회고할 때면

아마도 지금의 이러한 감정이 새롭게 느껴질 겁니다

굳이 지금의 자신을 질책하여야 할 이유는 없다고 봅니다

그렇다고 계속해서 자신을 방관하지는 말아야 합니다

올바른 시각으로 자신을 바라보고 그 대단하지 않은 짝사랑은

그대로 남겨 두는 겁니다

이제 자신을 찾아야 할 때입니다

*

당신은 오직 그의 모습을 접하는 것만으로 즐거웠습니다
지금에 와서 생각해보면 그것은 짝사랑에 불과했습니다
시간이 지난 후 그러한 그의 연락처를 알게 되었다는
이유 하나만으로
그와 당신의 관계를 과대하게 포장하려 했던 것은 실례입니다
한때 그에 대한 당신의 집착은 집요하고 끈질겼으며
끝내는 그에 대한 원망과 자신에 대한 실망으로
실의의 나날을 보내야만 했습니다
그리고 그를 잊을 수 있으리라 믿었던 당신으로서는 견디기
힘든 일상 속에서 또 한 번의 좌절을 맛보아야 했습니다
그것을 그의 탓으로 돌리며 스스로 그와의 관계를 복잡하게
만들었습니다
처음부터 당신과는 아무 상관없는 그였지만 당신은
어이없이 그를
난처한 상황으로 내 몰았습니다
당신은 부정할 테지만 주위의 모든 사람은 다 알고 있는데
당신만 몰랐으며 더구나 당신은 그런 자신을 끝까지 내세우며

자신마저도 망가뜨리고 있었던 겁니다

더구나 그 모든 것을 어처구니없게도

그에게 다 전가시키는 부당한 일을

저지르고 말았습니다

그것은 오직 실패의 원인을

누군가에게 뒤집어씌움으로써 자신의

실패를 정당화시키려는 비겁한 방법일 뿐이었습니다

완전히 억지라고 볼 수밖에 없습니다

당신은 어느 순간부터 그를 헐뜯고 증오하며

그를 원망의 대상으로

만들어 놓은 비겁한 짓을 범했습니다

그는 자신도 모르는 사이에 당신으로 인하여

몹쓸 사람이 되어가고

당신은 스스로 피해망상에 사로잡혀 최악의 상황으로

이끌었습니다

그를 미워해야 할 정당한 이유도 없으면서

진정한 사랑도 모르면서 잘못된 길을 걷고 있었습니다

바로 당신 자신에게 문제가 있었음을

그 당시에는 알지 못했지만

시간이 지난 지금 당신은 책임감을 알고 또 자신의 의무를

다하는 사람으로 성장해 있습니다

부끄러움 없는 사람으로 성숙한 겁니다

엉뚱한 집착은 당신 자신을 스스로 낮추는

치명적인 짓일 뿐입니다

당신도 알 겁니다

병적인 자신을 더 이상 내세우지 마세요

당신의 과오를 용서 받으려면 스쳐 지나가는 그를 의식하지

말아야 합니다

더 이상 뒤돌아보지 말아야 합니다

그의 인생에 다시 당신이 뛰어든다면 당신은 한심하고

비겁한 인간입니다

당신의 짝은 따로 있습니다

기다리다 보면 당신도 쉽게 알아볼 수 있을 겁니다

그러니 천천히 주위를 둘러보세요

그리고 가짜 사랑이 아닌 진정한 사랑을 해보는 겁니다

그럴 때 당신은 지난날 그에게 얼마나 큰 잘못을 했으며

못할 짓을 했는지

알게 될 것이며 후회의 눈물을 흘리게 될 겁니다

당신이 할 일은 당신의 상대가 될 그 누군가를

기다리는 겁니다

그리고 그 상대를 만났을 때 아낌없는 사랑을 주는 것입니다

가슴을 열면 당신에게도 사랑에 대해 감격할 시간이

꼭 올 겁니다

부디 바보처럼 부정하지 마시길 바랍니다

그런
날에는...

자신을 비약하고 자책하는 헐거움의 나날
그것은 자신에 대한 방관에 지나지 않습니다
하지만 알면서도 당신은 여태껏 그것에 정면으로 맞서며
자신을 내세워 본 적이 없습니다
자신에 대한 비관적인 생각으로 인하여 앞으로 나서지 못한 채
자신을 탓하고 있었을 뿐입니다
그리고 당신의 무능력함을 저울질하며 바보 같이
주저앉아 울었던 것이 고작이었습니다
그 압박감은 당신을 더욱 멍들게 만들었습니다
어쩌면 당연한 일이라고 생각했을 지도 모릅니다
어떤 일과 마주치면 당신은 나서기보다는
뒤로 물러서기에 바빴으며
해결하려 노력하기보다는 숨고 웅크리기에 바빴습니다
당신의 얼굴에는 겁먹고 무심한 표정이 전부입니다
시작하는 것을 싫어하며
결말짓는 것도 꺼려하며 의미 없이 지내는 시간과
익숙할 뿐입니다

정면으로 나서서 자신을 내세우는 것을 꺼려하며

스스로 주위를 겉돌기만 합니다

당신 자신을 외면하는 것이 일상이 되어버린 지 오래입니다

뭐든지 혼자만의 노력과 힘으로 일을 처리하기 보다는 스스로

역부족하다고 생각하며 그렇다고

누군가의 도움도 원하지 않습니다

그런 당신에게서 자기애란 전혀 찾아 볼 수 없습니다

무엇이 당신을 그렇게 만들었을까요?

분명 원인이 있을 텐데 말입니다

당신은 지금 이 순간부터

그 원인을 찾아야 하며 자신을 새롭게

정립해 나가야 합니다

당신 자신을 언제까지 그렇게 방치하고 있을 겁니까?

이유와 핑계로 자신을 변호하려 하지 마세요

그것은 스스로를 더욱 비참하게 만드는 일입니다

상상도 못할 정도로 짓이겨지고 썩어빠진 당신을

그 누구의 탓으로 돌리겠습니까?

그것은 바로 당신 자신의 탓입니다

혼자의 힘으로는 아무 것도 할 수 없는 자신의 모습이

부끄럽지도 않습니까?

도대체 당신은 누구를 위해 그렇게 바보같이

살아가고 있는 겁니까?

이제 방관만 해서는 안됩니다

그러기 위해서는 자신을 사랑하는 법부터 배워야 하며 그만큼

노력을 해야 합니다

언제까지 의미 없는 시간을 보내며

젊음을 낭비하고 있을 겁니까?

차라리 수확문제처럼 공식이 있다면 좋겠다고

당신은 생각합니다

그러나 인생에는 삶의 공식 같은 것은 없습니다

항상 성공하는 것은 아닙니다

실패를 벗 삼아 좌절을 이겨내야만 자신을 확인하고

그 기쁨을 만끽할 수 있는 겁니다

시간은 결코 기다려주지 않습니다

그러나 당신이 늦었다고 생각하는 지금 이 순간

다시 시작한다면 늦은 것이 아닙니다

포기하지 마세요

지금의 포기는 삶의 가치에 대한 모순입니다

스스로 걸어가야 하는 것이 인생이라는 것을

당신은 명심해야 합니다

살아가면서 겪어야 할 고난과 역경은 무수히 많습니다

반면 당신에게 주어진 시간은

점점 줄어들고 있는데 언제까지 그렇게

망설이며 뒷걸음질 칠 겁니까?

이를 악물고 달려야 합니다

주위를 둘러보세요

누구나 다 그렇게 살아갑니다

당신보다 더 어려운 상황에서 극복하고 이겨내려고

발버둥치는 사람들에게

당신은 부끄럽지 않습니까?

나는 지금 그런 당신의 엉덩이를 발로 힘껏

걷어차고 싶습니다

아마 당신은 화가 날 겁니다

그러면 어디 한번 덤벼 보세요?

삶에는 참 많은 길이 있어요

앞으로 걸어가야 할 길들을 걷는 건 오로지 혼자의 몫이구요

그 중에서 우리는 다시 오지 않을

가장 멋진 순간을 마주하고 있어요

젊음이라는 멋진 날개를 달고 온 세상이 내 것인 냥 맘 것 누리고

바라보며 멈춤 없이 달리고 또 달려요

그러다가 문득 외로움을 느끼죠

그 외로움을 잊기 위해 주위를 둘러봐요

그리고 문득 누군가에게 설레고 그 설렘이 사랑이라고 짐작하죠

모든 것을 함께 하고 싶고 잠시라도 떨어져 있으면

자신도 모르게 안달을 내고 자꾸만 마음이 가게 되요

그 마음이 삐뚤어지지 않았으면 좋겠어요

간절했으면 좋겠어요

그 사랑에 무모해지거나,

잘못된 판단으로 상대를 아프게 하거나 괴롭히지

않았으면 좋겠어요

그래서 젊음을 맑고 투명하게 들여다보기로 했어요

사랑은 서로에게 의지하는 걸까요?

아니요

의지하기 보다는 두 손을 잡고 함께 걸어가는 거라고 생각해요

둘이 하나가 되기도 하고 또 셋이 되기도 하고, 넷이 되기도 했다가

다시 혼자가 되기도 해요

다시 혼자가 되었을 때

자괴감에 빠져 헤어 나올 수 없는 길을 걸으면서

괴로움이 자꾸만 커져 가지요

사랑도 다시는 찾아 올 것 같지 않고 스스로 더 망가져가요

세상이 원망스러울 때도 있을 테고, 모든 사람들의 시선이 자신을

탓하는 것만 같아 그 시선들을 피하기 위해 머리카락 보일라 꼭꼭

숨어버리고 말겠죠

하지만 난 믿어요

언젠가는 스스로의 삶과 희망에 눈을 뜨게 되리라는 것을

나는 무작정 걷는 것을 좋아해요

산이든, 도심이든, 그 속의 작은 골목길이든, 강가든, 어디든

길이 있는 곳이나 혹은 길이 없는 곳이나 상관하지 않아요

더더욱 힘든 일과 마주쳤을 때 길멍(길을 걸으며 멍 때리는)을

하다보면

기분이 좋아지기도 해요

힘든 일이 뭐 대수인가요?

살다보면 지금보다도 앞으로 더 어려운 길을 걷게 될 테지만

행복할 때는 행복을 즐기고 불행하다고 느낄 때도

그 나름대로 즐기는 거예요

그렇지 않고 자책 속에 머물며 자신을 탓한다면

더는 걸을 수 없을 거예요

어쨌든 마주한 현실을 외면한다는 건 나를 포기하는 길이기에

운동화 끈 단단히 조여매고 걷는 거예요

삶은 완만하기도 하고 가파르기도 한 거예요

긍정적인 시선으로 걷다보면 삶은 그만한 대가를 분명히 줄 거예요

오늘도 우리는 걸어요

그리고 나를 짝사랑하는 거예요

나를 사랑하는 날이

오늘도, 내일도, 모래도 계속된다면 당신은 우선

행복한 나날을 살고 있는 거예요

뭐 어때요?

내가 나를 사랑하는데 뭐라고 할 사람이 어디에 있겠어요

그렇게 살아가다보면 캄캄했던 길들이 아주 선명하게 보일 테고

자신감도 충만해질 거예요

그렇다고 너무 자신만만해 하지는 마세요

어디선가 당신을 호시탐탐 노리고 있는 눈이 있을 테니까요

그래도 괜찮아요

우리에게는 젊음이 있잖아요

나이가 많든 적든 내가 젊다고 생각하면 그만인 것을요

나는 오늘도 걸을 거예요

당신은 어디로 걸을 거예요?

목적지는 아시죠?

내 삶 속의 당신이라는 걸!

잊지 말아요

혹, 잠시 잊는다 해도 내가 기억하고 있으니 걱정은 하지 말아요

그럼 우리 다음에 다시 만나요...